星巡る

結実の産婆みならい帖

五十嵐佳子

JN031614

朝日文庫

本書は書き下ろしです。

目次

星巡る　結実の産婆みならい帖

第一章

薄明の空

一

『桃栗三年柿八年』という諺《ことわざ》がある。

桃や栗は植えてから三年、柿は八年たたないと実を結ばない。

ことほどさように、物事は一朝一夕にできるものではなく、相応に時間がかかり、すぐに結果が出なくてもあきらめるなと、人を励ますときによく使われる。

「一人前の産婆になるには、ゆうに七、八年はかかりますよ」

十四で産婆見習いとして弟子入りした結実《ゆうみ》に、師匠の真砂《まさご》がそういったとき、八年という年月はそのときの結実には長すぎて、実感はまるでわかなかった。

ただ、自分は柿なんだなと思った。

今年は柿なら実をつける八年目にあたる。ふりかえれば、八年などあっという間だった。

結実の産婆修業は、雑用の一切をすることから始まった。

朝早く起きて、掃除や洗濯をする。

妊婦の元に駆けていく師匠の後を、荷物を背負って追いかけ、お産の準備に後始末、産婦の痛みを逃がすための按摩《あんま》や指圧をし、ちょっとの合間も見逃さずいざというときのために、赤ん坊用のおしめや肌着をこしらえる。

やることに追われ、気がつくと一日が終わっていた。

場数を踏み、命じられずとも師匠の意図をくみ取り、手足となって動けるようになったのは二年目で、そのころになってようやく師匠の手元を見つめる余裕が生まれた。

それからが学びの本番だった。

産婦がいきんでいいのは裾《すそ》がどれくらい開いてからか、陣痛の痛みを逃がすにはどんな手段があるのか、先に水がでてきたらどう対処するか……といったさまざまな産婆の技と手順、細やかな知恵を少しずつ、覚えていった。

結実が師匠の許可を得て、自分ひとりではじめて赤ん坊を取り上げ、臍《へそ》の緒を切ったのは、七年目の昨秋だった。掌に赤ん坊がずしっと下りてきた瞬間の感動を今も忘れていない。

湯気がたっているかと思うほど、赤ん坊は温かく、しっとりと濡れていた。

この世に出てきた赤ん坊が四肢を震わせ、全力で泣きはじめる姿には今も感動してしまう。

腹の外に出てきたことに驚いたからか、自分が生まれたことを知らせるためなのか、その声は驚くほどよく通り、部屋はもとより、外で無事の出産を祈る家族たちの耳にもまっすぐに届く。

「赤ん坊が生まれようとし、産婦が産もうとし、支える者がいて、初めていいお産ができる。それを助けるのが産婆の仕事です」

このごろになって、真砂の口癖の意味するところが結実も実感としてわかってきた。けれど、三つの条件がちゃんとそろっていても、お産が母子にとって命がけだというこどに変わりはない。

実際、当世、若い女房が命を落とすいちばんの理由はお産だった。なんとか無事に赤ん坊を産み落としても、お産で身体が傷つき、母親が長く寝付くこともある。

事情は赤ん坊も同じで、元気に生まれてきても、天然痘《てんねんとう》や流行《はや》り風邪、はしか、おたふく風邪などの疫病が流行れば、体力のない者から呆気《あっけ》なく死んでいく。

七歳までは神のうち——赤子は、いつ神様の元に帰ってしまうかわからないといわれる儚《はかな》い存在でもあった。

それでも人は子を産む。

怯《おび》えることなく、女は果敢《かかん》にお産に挑む。

「いいお天気だこと」

結実は、物干しに晒《さら》し木綿《もめん》をかけ終えると、両腕を突き上げ、う～んと伸びをした。

物干しには、医師が着る十徳《じっとく》のような白い上っ張りと前掛けが三揃《み》い、何枚もの手ぬぐいが、三月の風を受け、ひらひらと気持ちよさそうに揺れている。

上っ張りと前掛けは、お産のときに結実たちが身につけるもので、晒し木綿にいたるまで、汚れを落とした後、毎度、ぐつぐつと鍋で煮立てている。

「この分なら、洗濯ものもすかっと乾いてくれそう……」

明るい空を眺め、結実はくりっとした目をまぶしそうにゆるめた。

目鼻立ちがはっきりしていて笑うと愛嬌がこぼれる。

腕を勢いよくまわすと、肩がごりごりと鳴った。首を左右にふると、みしみしと小さな音がする。二晩続けてお産があり、寝不足が続いている。

「春だねぇ」

声がしてふりむくと、すずが微笑んでいた。

水色の淡い空に、薄い雲がたなびき、ようやくほころびはじめた庭のレンギョウやユキヤナギなどが光の帯に照らされている。

すずは結実よりひとつ年上の産婆見習いで、一月、思い人の栄吉《えいきち》と祝言をあげ、真砂の家を出た。

小柄でやせっぽちなのは相変わらずだが、女房となって二月。落ち着きと貫禄のようなものが加わった気がする。

お腹のあたりがほんの少しふっくらしているのは、夏に子が生まれるからだ。

祝言のときにはすでにこの子がお腹にいたのだが、事情を知る結実たちはさておき、すずはそのことをおくびにも出さず、参列客に可憐《かれん》な花嫁だとほめそやされた。

近頃になり、産み月が近づいたすずを真砂が気遣って、夕方には家に帰すようにしている。

「昨夜の小間物屋さんのお産、軽かったんだって？」

「うん。赤ん坊をころんと産んで、すぐに、腹減ったって大きな握り飯を三つも平らげたの。あの食べっぷり、見せたかった」

ふたりは顔を見合わせてくつくつと笑う。十四歳から七年間、結実とすずは御神酒《おみき》徳利《どっくり》さながら、朝から晩まで一緒だった。

物静かでしっかりもののすずと、おきゃんで気が強いところもあるのに、すぐにおたおたしてしまう結実は、うまくいくときばかりではなかった。

けれど一人前の産婆になるという同じ目的に向かって走り続けた年月が、ふたりを信頼という絆で固く結びつけている。

「赤ん坊を産んだら、思う存分食べてやるって、あの人、いっつも言ってたもんね」

小間物屋の女房は鉢に山盛りにしたお茶菓子をひとりで食べてしまうような大食らいで、真砂からお産が大変になるのでこれ以上肥えてはならないと言い渡されていた。

「赤ん坊もはじめから、そりゃあ上手に乳首に吸い付くの。おっかさん譲りの食欲って感じ」

「じゃ、安心だ。往診はあたしが行ってくるわ」

「助かります」

結実はすずに向かって手をあわせた。

「で、おみちさんの具合はどう？」

すずは気遣わしげにたずねた。

みちは一昨日、お産をした髪結いの女房だった。

夫婦になって一年、十九歳での初産で、長い陣痛の末、なんとか女の子を産んだが出血がひどく、今朝も気になって、結実は小間物屋のお産の帰りに様子を見に行ったのだが、具合は芳しくなかった。

「出血はやっと止まってくれた。けど血が足りなくなったみたいで、起き上がるのもやっとなの。乳をやるだけでも息切れが起きてしまっていて」

「気が気じゃないね」

すずが頰に手をあて、低くつぶやく。

「で、おとっつぁまに処方してもらった薬をすぐに届けたんだ。効いてくれればいいんだけど」

「きっとよくなるわよ。正徹《せいてつ》先生の薬は効くって評判だから……」

結実とすずは、井戸と小さな庭を隔てた先にある屋敷に目をやった。入り口に大地《だいち》堂《どう》という看板がかかっている。

大地堂は結実の父・山村《やまむら》正徹が営む診療所であり、結実の実家だ。

正徹はみちのために、地黄《じおう》・芍薬《しゃくやく》・当帰《とうき》という漢方薬に、鍼灸《しんきゅう》用の鍼《はり》を作るときに出来る鉄屑を少量混ぜた薬を、見習い医師の藤原源太郎《ふじわらげんたろう》に用意させた。

医者の中には法外な治療費をとり、患者は金持ちだけというものもいるが、大地堂は町人が列をなす診療所としても知られている。

すっからかんの長屋暮らしのおかみさんが子どもを抱えて駆け込んできたりもする。ない袖は振れない者もいて、八百屋が野菜を、魚屋が魚を代金がわりにおいていくこともある。

だが、お代はいつでもいいからと薬を処方しても、薬料が払えないので薬はいらないと頑《かたく》なに拒む者もいる。そういわれると、押し付けるわけにもいかない。

もっとも体力も治癒力もひとりひとり異なり、処方した薬で必ず病気が治るというものでもない。

「おみちさんとこも明日から私が行こうか。薬を少し続けた方がいいって、言ってくるよ。他のお産も控えていて、結実ちゃん、忙しくなりそうだし」

確かに、産み月の妊婦はぱっと数えただけで五、六人はいる。

お産はいつ何時はじまるか、わからない。はじまったとしても、赤ん坊が出てくるまで何刻《なんとき》かかるかわからず、勢い、夕方には帰宅するすずの出番は少なくなっている。すずは往診など細々した仕事を率先して引き受けていた。

「他にも三軒、回っているでしょ。小間物屋さんとおみちさんを引き受けたら、おすずちゃん、一日、往診が五軒になっちゃうよ。ちょっと遠い家もあるし、赤ん坊に湯《ゆ》浴《あ》みさせるのはお腹が大きいと大変だろうし……」

「そのくらい平気。お産までまだ間があるもの、少し動いた方がいいの」

「じゃ、お願いしようかな」

「まかせて」

すずは胸をとんと叩き、鼻の上に皺《しわ》をよせて、くしゃっと笑った。ちんまりした顔が愛らしい。

だが、すずは結実も舌を巻くとんでもない頑固者でもあった。

思い人の町火消し・栄吉が龍馬《りょうま》に誘われて神戸《こうべ》海軍操練所に行くと決意したとき。内心はどうであれ、すずは眉一つ動かさなかった。

幸いというか、栄吉が旅立つ前に操練所が閉鎖され、その話は立ち消えになったが、落胆した栄吉を支え、励まし、栄吉が夫婦になってくれというまで、すずは腹に子がいることを一言も口にしなかった。

栄吉が神戸に行くなら、黙って送り出し、赤ん坊をひとりで育てる気だったのだ。

赤ん坊は男と女ふたりのものだから打ちあけるべきだと結実が口を酸っぱくして説得を試みても、栄吉のしたいようにしてほしいからと、決して首を縦に振らない。

実をいえば結実は長い間、栄吉に憧れていたのだが、すずの石頭っぷりにあきれかえり、腹も立て、何度も口喧嘩を繰り返し、そうこうしているうちに栄吉にはすずがお似合いだと思えるようになったのだから、人の気持ちとはわからない。

「ただいま。いい湯でしたよ」

下駄を鳴らして機嫌良く帰ってきたのは、師匠の真砂だった。真砂の唯一の気晴らしが朝風呂で、眠る時間を削っても湯屋に行く。

「あんたたちも、時間があるなら、さっさと湯屋に行っておいで」

すずは顔を横に振った。

「私は帰ってからうちの近くに行きますので。今からおゆりさんと、お奈美さん、おかよさんのところを回ってきます。結実ちゃんは、行っておいでよ。昨日、お産で遅かったから、湯屋に行くどころじゃなかったでしょ。さっぱりするよ、ほら、行った行った」

ちょっと考え込んだ結実の背中をすずがとんと押す。

すずは以前は口数が少なかったのに、栄吉と夫婦になってから、結実に対して遠慮なくものをいうようになった。

結実のことを思って言っているのはわかるのだが、すずになんでも先回りされるのは未婚の自分が子ども扱いされているようでちょっとひっかかる。

「さっ、ぐずぐずせずに動いておくれ」

真砂は箒《ほうき》ではくような口調でふたりを促《うなが》すと、台所の水瓶《みずがめ》からひしゃくで水をくみ、喉をならすようにして飲んだ。

真砂は結実の母方の祖母である。真砂の父・羽田松太郎《はたまつたろう》は北方の藩に勤める侍だったが、その死後、真砂は母と共に、江戸に出てきて産婆になったという変わり種だ。

武家育ちの武張《ぶば》った言葉遣いが今も抜けない上、低めの声、さばさばとした物言い、彫りの深い男顔と、一見、いかつく怖そうなのだが、赤ん坊を見つめる真砂の表情は滋味にあふれ、妊婦への指示も的確だ。

そのせいか、八丁堀《はっちょうぼり》界隈では産婆は真砂でなくてはという女たちが多く、二代は言うに及ばず、三代続けて真砂が取り上げた家がそこかしこにあり、町で真砂を知らない者はもぐりと決まっている。

手ぬぐいを入れた桶を持って、結実が外に出ると、庭から声がかかった。

「結実！　湯屋に行くの？」

振り返ると、義母・絹《きぬ》がお盆を抱えて本宅から出てきたところだった。

「おまんじゅう、患者さんからいただいたの。帰ったら食べてね。まだ温かい出来たて。おいしいわよ」

色白でふっくらとした頬をゆるめて絹が微笑む。娘時代、八丁堀小町といわれた容貌は今も健在で、笑うとえくぼができる。

絹は結実の実母・綾《あや》の妹である。

安政の大地震で実母・綾が腹に宿っていた子どもともども命を落としたとき、残された結実の面倒をみてくれたのが、当時二十二歳だった絹と祖母の真砂だった。

絹は勤めていた薬種問屋《やくしゅどんや》をやめ、翌年、綾の夫だった医者の山村正徹の後添《のちぞ》えに入り、結実の義母になった。九歳になる弟・章太郎《しょうたろう》も生まれている。

そのころ、真砂はかつての住まいを畳み、離れに引っ越してきて、以来、実家を本宅、真砂の住まいを別宅と呼び、年中行き来している。三度の食事は本宅で絹の料理を食べることもあり、なかば同居のような暮らしだ。

二

夕暮れが迫り、日が傾くと、途端に肌寒い風が吹き始めた。

「おすず、そろそろお帰り」

真砂にすずが「はい」と返事をしたとき、表戸ががらりと開く音がした。

「ごめんください。村松屋の者です。ご新造《しんぞ》さまが産気づきました。おいでいただけますか」

十二、三だろうか。店のお仕着せの印半纏《しるしばんてん》を着たいがぐり頭の男の子が、頭を下げている。藍染《あいぞ》めの半纏には下《くだ》り酒問屋《ざけどいや》・村松《むらまつ》屋という文字が白く抜いてあった。

「良枝《よしえ》さんですね。今、参ります」

真砂が立ち上がる。

「駕籠《かご》を待たせています。おいらはそこで」

男の子は声変わりのしていない声で言うと、そっと戸をたてて出て行った。

「さすが村松屋さん。駕籠も連れてきたなんて、行き届いてますね」

すずが感心したように、結実に言う。

「旦那さん、下り酒問屋の組合でも世話役かなんかやってんだって」

「若いのに、やり手なんだ……」

すずは結実の背中に風呂敷包みを背負わせながら、「結構、重いね」と続けた。

お産に持っていくものは、いざというときにあわてないように、一式、風呂敷包みに用意している。これまではすずと結実のふたりで荷物を折半《せっぱん》していたが、夜にかかるお産の時は結実がひとりで持ち歩く。

「このくらいへっちゃらよ」

背中からまわした風呂敷の端を胸のところできゅっと結ぶと、結実は草履をつっかけ、真砂の後に続いた。

「……あたしは戸締まりをしてから帰るから」

すずが後ろから結実に声をかける。

返事の代わりに、片方の手をあげた結実の背に、もう一度すずの声が飛ぶ。

「結実ちゃん、何もかもまかせちゃって堪忍《かんにん》ね」

「いいってことよ。そっちは明日、小間物屋さんとおみちさん、頼むね」

「合点《がってん》承知の助！」

結実がぎょっとして振り向いてしまったのは、やはりすずが夫婦になって以来、変わったと思ったからだ。

「合点承知の助、だって……」

そんなこと、以前のすずが言っていただろうか。いや、断じて口にしなかった。

結実がふざけたことを言うと、すずはいなすようにただウフフと笑っていた。そのおとなしくはかなげな様子に町の若い男たちは胸ときめかせ、付け文が何通も届いた。

それがすずの地だとばかり思っていた。

「……猫をかぶっていた⁉」

やられたという気分で、結実は真砂が乗った駕籠を追いかけた。

松平《まつだいら》様の屋敷の前を抜け、日本橋《にほんばし》川が見えたら右に曲がり、南茅場町《みなみかやばちょう》を抜ける。亀《かめ》島《じま》川にかかる霊岸橋《れいがんばし》を渡ると、茶問屋、畳表《たたみおもて》問屋、醤油・酢問屋、瀬戸物問屋など大店が建ち並ぶ南新堀町《みなみしんぼりちょう》に出る。

下り酒問屋・村松屋の店構えは八間（約十四・五メートル）と、中でもとびきり大きく、日暮れ近くなのに客の姿が引きも切らない。

産婆の到着を店の前で伸びをしながら待っていた女中頭に手を引かれるようにして、真砂と結実は奥の間に招き入れられた。

「あ、結実ちゃん。よかった……来てくれて」

すでに布団が積み上げられ、良枝はそれにもたれるように身体を横たえている。

「いた……い……」

襲ってきた陣痛に顔をゆがめ、良枝は腹に手をあて丸くなる。結実は駆け寄り、背中をさすった。

良枝は声がもれないように唇をかんでいる。

「声を出したら恥ずかしいって、お姑《しゅうとめ》さんにでも言われた？」

「……うん……」

「気にしなくていいよ。良枝ちゃん、我慢なんかしなくていいからね」

良枝は眉間に皺を寄せたまま、びっくりしたように結実の顔を見た。

お産の時に産婦がうめき声や叫び声をあげたら、いい母親になれないとか、生まれてきた子は我慢の足りない子になるとか、まことしやかにいわれている。自分はお産の時に一切声をださなかったと胸を張る姑世代も多い。

けれど、師匠の真砂はそんなことにこだわらない。

「お産のとき、声を出していいなんて言う人、私のまわりにはひとりもいないわよ」

子どもの時と変わらぬ、黒目がちの大きな目を見開いて、良枝がつぶやく。

確かにそんな産婆は、真砂以外、結実も知らない。

「だって痛いもんは痛いんだもの」

「結実ちゃんったら、本気で言ってるの」

「本気も本気。人がどう思うかなんて気にしないで」

「変わらないわね、子どものころと」

一瞬、苦笑し、良枝はまた奥歯をかみしめた。

良枝と結実は、六歳から同じ手習い所に通っていた。

青《あお》っ洟《ぱな》を年中たらしている子や、ろくに髪に櫛《くし》をいれていない子どもたちも多かったのに、良枝はいつもこぎれいに髪を結い、利発そうな目を輝かせ、先生の覚えもめでたい出来物《できぶつ》だった。

けれど、安政の大地震の後、良枝は手習い所をやめた。あのころのことを、実は結実もよく憶えていない。

地震で実母・綾が腹の子とともに結実の目の前で亡くなって、当時、結実はそれどころではなかった。手習い所が再開して通い出したものの、しばらくの間はすべて上の空だった。

「あ、い……たた……」

良枝はまた顔をゆがめる。最初、陣痛は波のように訪れ、唐突に去っていく。

良枝の息が平常に戻ると、結実は油紙《あぶらがみ》で布団や畳を覆い、天井から力綱《ちからづな》をつるした。

初産《ういざん》なので、時間がかかると覚悟していたが、二刻（四時間）後、良枝は男子を無事出産した。

声をあげてもいいと言ったのに、お姑さんに侮《あなど》られたくないという一心で良枝はうめき声をかみ殺し、子どもを産みのけた。

後産《あとざん》も終え、赤ん坊を胸に抱いた良枝の顔は輝いていた。

「おめでとう。器量よしの男の子よ」

　生まれたばかりの子は赤く皺だらけだ。四肢をつっぱらせて泣いているところなど、ぱっと見には、かわいいとはとてもいえない。だが、すっと整った鼻梁《びりょう》、細筆で描いたような閉じた目の線がきれいだった。

「ありがとう、結実ちゃん」

「良枝ちゃんに似ている気がする」

　ちょっと誇らしげに、良枝は微笑んだ。

　そのときだった。外で「お帰りなさいませ」という声が聞こえた。

「生まれましたよ。男の子です。使いをだしたのに、あなたという人はこんな時に、こんな時刻まで……」

　姑の非難するような声が重なる。

「組合の集まりですよ。仕切り役の私が途中で抜けるわけにいかないでしょう」

「芸者を引き連れて帰ってくるなんて……」

「旦那、おめでとうござんす」

　姑の声に芸者とおぼしき若い女たちの声がかぶさった。

「男子誕生とはおめでたい。これで村松屋さんも安泰でござんすね」

「いいところに立ち会わせていただき、ありがとうござんす」

「あたしたちはここで退散させていただきましょ」

「待て待て。……祝儀を持って行け」

芸者たちの嬌声が響く。

「んまぁ、こんなにたくさん」

「またごひいきに」

赤ん坊を抱いた良枝から表情が消えていた。いくら会合があったとはいえ、女房がお産の夜、亭主が芸者を引き連れて帰宅するなんてどういうつもりだと、結実は胸がむかむかした。

黄色い声が消えると、障子が開き、亭主を先頭に舅姑《しゅうと》がなだれ込んできた。舅姑は赤ん坊に駆け寄ったが、亭主は真砂の前に座り手をついた。

「村松屋伊左衛門《いざえもん》でございます。このたびは良枝がお世話になりました」

背は五尺五寸ほどもある。金離れの良さだけでなく、玄人筋《くろうとすじ》にも好かれそうな端整な顔立ち、押し出しの良さ、柔らかな語り口と三拍子そろった男だ。

「ご挨拶はあとで結構ですよ。まずは良枝さんをねぎらい、赤ん坊の顔をみてやってください」

真砂は伊左衛門をさらりと制して、良枝の枕元に促す。

伊左衛門は良枝の手をとり、赤ん坊を見て目を細めた。

「上等上等。よくやった」

良枝の顔にゆっくり笑みが広がっていく。

「かわいらしいこと」

姑が赤ん坊を抱きあげ舅がのぞき込む。

女中が握り飯とお茶を持って入ってきたが、良枝はお茶だけ飲んで、心底疲れたというように目を閉じた。

すべてを終え、真砂と結実が外に出ると、夜空に星がまたたいていた。

そろそろ木戸が閉まる時間で、通りを歩いている者はひとりもいない。

家々からかすかに漏れ出てくる明かりと、居酒屋の軒行灯《のきあんどん》、手にした提灯《ちょうちん》の明かりを頼りに、真砂と結実は並んで歩いた。

「手際がだいぶよくなったね。今日、私は見ているだけですんだもの」

珍しく真砂にほめられ、結実は嬉しくはあったけれど、同じくらい居心地が悪い。

実際に良枝のお産を仕切ったのは結実だったが、それも真砂が見守ってくれているとわかっているからやれたことだ。

「この仕事をはじめて、結実ももう八年目だものね。いつのまにか年月が過ぎて……

おすずも母親になるわけだ……」

自分に言い聞かせるように、真砂がつぶやく。

ふとかつての情景が結実のまぶたの裏に蘇った。

一昼夜過ぎても陣痛が進まないお産のときなど、眠くて眠くて、我慢できずにすずとふたりで産室の柱にもたれて船を漕ぎはじめてしまったことがある。いけないと無理矢理目を開けても、すぐにまぶたが下りてくる。真砂に叱責され、井戸に飛んで行き、冷たい水で顔を洗ったりもした。

帰りに睡魔に襲われることもしょっちゅうで、眠気を吹き飛ばすために、すずとつないだ手をふりふり、歌いながら帰ったこともある。

あのころ、真砂の歩幅はもっと大きく、足を速めないと結実とすずは置いて行かれそうだった。

近ごろ、真砂の歩みは遅くなり、結実が足を緩めるほどだ。

真砂は来年還暦を迎える。

同年齢の女たちはとっくに隠居している年齢だ。

すずは六月に子どもを産むが、すぐには復帰できないかもしれない。

すずの夫の栄吉は、ジャンと半鐘《はんしょう》が鳴れば何をおいても火事場にかけつける町火消しの纏《まとい》持ちで、栄吉の父・吉次郎《きちじろう》は「は組」の顔役、その女房で、すずの姑のムメは、火消したちの面倒を一手に見ている。

赤ん坊の世話を引き受けてくれそうなのは唯一、すずの実母だったが、袋貼りの内職をしているうえ、持病の腰痛がひどいとかで、未だに色よい返事は聞けていないらしい。

となると、夏以降も、真砂と結実のふたりだけで夜も昼もお産の立ち会いを行わなくてはならない。

三

家に戻ると、診療所にあかりが灯っていた。結実の実家で本宅と呼ばれる正徹の家は、庭に面している部分が診療所になっている。

入り口に続く四畳ほどの板張りの上がり框《かまち》は患者たちの待合室、左側に続く畳廊下が軽傷の人の診察室、奥のつきあたりの六畳間は正徹の書斎兼、重傷者を寝かせておく場所、その左側の庭につきだした土間は、出血の多い者の手当や手術に使われている。床に敷かれた簀《す》の子《こ》の上に、寝台が二つ置かれ、竈《かまど》もしつらえてあった。

あかりは、その土間から漏れている。

「何かまた起きたのかね」

真砂が眉を寄せた。

数年前から京では尊皇攘夷派の志士による「天誅」と称した反対派の暗殺が横行するなど治安が悪化し、江戸者は困ったものだとひとごとのようにいっていた。しかし昨年、水戸藩の尊皇攘夷激派・天狗党《てんぐとう》が挙兵すると江戸にも緊張が走った。

尊皇攘夷思想に共鳴した他藩の武士や農民なども加わり、数がふくれあがった天狗党は京を目指したが、水戸藩の要請を受けた幕府軍によりあっけなく鎮圧され、この月、首領の武田耕雲斎《たけだこううんさい》など水戸浪士三五二人もが斬首、他も遠島《えんとう》、追放といった厳しい処分がくだった。

そうした事態に呼応するように江戸はきなくささを増し、人斬りや窃盗、強盗も多くなった。

大地堂は外科を得意とするため、近くで斬り合いがあれば怪我人が運びこまれる。尊皇攘夷派はもとより、暗殺を請け負った浪人、襲われた中間《ちゅうげん》、異国の物品を扱う商家の雇い人などが担ぎこまれたこともある。

夜の診療所のあかりは、今の江戸の騒然とした世情をあらわすもののように結実にはうつる。

人を産むのは命がけなのに、なぜ、人はかくもたやすく命の奪い合いをするのか、結実は不思議でならなかった。

家に入り、荷物をおろし、やれやれと上がり框に結実が腰をかけたとき、表戸をあけて、絹が入ってきた。

「結実、おっかさま、お疲れさま。握り飯と味噌汁、向こうに用意してありますよ。お腹すいたでしょ」

「助かるぅ。もうお腹がすいて……で、また怪我人なの?」

絹は唇を横一文字に引き締め、渋い顔でうなずいた。

「薩摩藩のお侍と長州藩のお侍が居酒屋で鉢合わせして、薩摩のお侍がいきなり斬りかかったんだって。でもなんとか命は助かりそう。足を滑らせたおかげで、バサッといかなかったんですって」

空《くう》を切った刀は、そのまま居酒屋の柱に深く突き刺さり、ぶるんぶるん震え、引き抜くこともできなかったらしい。薩摩の侍はすぐに短刀に持ち替えて、相手の腿《もも》を斬りつけたという。

怪我した侍を運び込んだ岡っ引きからでも聞いたのか、薩摩の剣術は他の藩と異なり、一撃の下に敵を斬り伏せる剛剣・示現流《じげんりゅう》だとかで、狙われた方が転ばなかったら一の太刀《たち》で死んでいただろうと、絹は興奮した口調でいった。

「薩摩のお侍は捕まったの？」

絹は眉根をよせて首を横にふる。

「逃げられちゃったんだって。……おっかさま、あら……」

絹は、畳にごろりと横になった真砂を見て言葉を呑んだ。

「ちょっと疲れた。結実、おまえはご飯を食べておいで。私はいいから」

振り向きもせず、真砂が低い声でいう。

「せめて布団で寝てくださいな」

絹と結実は急いで、真砂の布団を敷いた。真砂はのそのそと布団に入った。

「三日続けて、遅くまでお産があったもんね。疲れて当たり前よ」

庭を横切りながら、絹が気遣わしげにため息をつく。

土間の手術室で人影がうごめいている。ずんぐりしているのは、正徹。背が高くひょろっとしているのは源太郎だ。

煙窓からそっとのぞくと、正徹が怪我人の太ももの傷を縫い合わせているところだった。ひと針ごとに、びくびくと跳ねあがる患者の身体を源太郎が渾身《こんしん》の力をこめて押さえつけている。結実の視線に気づいたのか、源太郎がこっちを見た。結実の目を見返し、大丈夫だというようにうなずく。

結実の胸に甘く温かい気持ちがわきあがった。だが、その思いを振り切るように、くるりと背中を向けた。笑みが凍り付いた源太郎の顔が目の端に残像としてとどまる。結実は唇をかんだ。

茶の間に入ると、ひと足先に戻っていた絹が、握り飯と味噌汁、漬け物を並べながら、結実の顔をのぞきこむ。

「あら、どうかした？」

結実がうかぬ顔をしていることに、母親ならではの勘で、気がついたらしい。

「……別に、なんにも」

「ならいいけど。結実も疲れてるよね、おすずちゃんの分までがんばってるもの」

「……若いんだから音《ね》を上げるわけにはいかないよ。いただきます」

ことさら明るい声でいい、結実は握り飯を頬張った。絹の握り飯は口に入れたとたん、ほろりとくずれる。力の入れ加減、塩加減が絶妙で、握り飯作りでは誰も絹にかなわない。

「食べたら早く寝なさいよ」

「あっちにも、持って行かなくちゃ。今晩は遅くなりそうだわ」

「うん」

絹が手術室に向かうと、結実から笑顔が消えた。

うかない顔……気持ちがつい表に出てしまったと、目を落とした。

源太郎は結実より三歳年上の二十五歳、正徹の内弟子だ。

正徹の友人で浅草材木町で外科医をしている藤原玄哲《げんてつ》の長男で、十七歳から本宅に住み込んでいる。

結実が産婆をやめたいと悩んだとき、本心を打ち明けることができたのは、源太郎ただひとりだった。そのとき、出会ってからずっと結実は源太郎を頼りにしてきたのだと気づかされたような気がする。

それから、源太郎のことが急に気になり始めた。

屈託のない笑顔を見ると、心が晴れるような気持ちになる。優しく低い声が心地よく響き、そっと寄り添うような源太郎の言葉に胸がときめく。

そして今年の一月、すずの祝言《しゅうげん》の帰り道、結実は源太郎に肩を抱かれた。

雪が舞う夜だった。肩におかれた源太郎の手がじんわり温かくて、結実はずっとこの道が続いていればいいいと思った。

だがその後、つきあいが深まることはなかった。

それは結実自身のせいだ。

肩を抱かれるなんて初めてで、以来、きまりわるくて、源太郎の顔を見られなくなってしまった。

結実が源太郎を避けるのは、もちろんそれだけが理由ではない。

医者になる源太郎と、産婆を志す自分の先行きが見えないのだ。

医者である父・正徹は家では横のものを縦にもしない。自分の肌着や足袋が箪笥《たんす》のどこにあるかも知らない。すべて女房任せだ。

正徹は患者の治療だけをし、義母の絹はどっしりと家を守り、子どもを育て、ときには患者の世話も手伝う。

夜中に急患があっても、絹は今日のように黙って握り飯を作り、お茶をだし、いつでも正徹が休息できるように整えておく。

絹だけでなく実母の綾も、医者である正徹の仕事に支障が出ないように裏でしっかり支えていた。

昼夜なくお産に飛び回る産婆の自分が、医者を志す源太郎にふさわしい女だとはとても思えなかった。

自分と一緒になるのは源太郎のためにならない。

悔しいけれど、それが現実だと結実は思った。

だとしたら、一時の感情に流されていずれ砕け散る恋に身をゆだねるのは、互いの不幸を招くだけだ。

わかっているのだ。この恋はあきらめなくてはならない、と。

けれどいつだって結実は源太郎の姿を目で追いたくなる。

源太郎の笑みを見ると笑顔を返したくなってしまう。

そばに駆け寄りたくなってしまう。

さっき、源太郎が結実に気づいて微笑んでくれたとき、どれだけ嬉しかったか。

気持ちを断ち切れもしない。飛び込んでいくこともできない。

相反する二つの感情の狭間で結実はずっと立ち往生している。

あきらめの悪い女なのかもしれないと、結実は自分が情けなかった。

ふと、結実のまぶたの奥に、若い娘の顔が浮かんだ。色白で丸顔、目、鼻、口、どれもちんまりとかわいい娘――紗江《さえ》だ。

紗江は一月に転んで手首を痛め、大地堂に治療にやってきた薬種問屋《やくしゅどんや》・緑屋のひとり娘だった。

幸い、手首は元通りになったのだが、半月ほど前から紗江は一日おきに大地堂に来て、押しかけ手伝いをしはじめた。

緑屋のひとり娘として蝶よ花よの乳母日傘《おんばひがさ》で育てられた十七歳の紗江だが、いずれは婿を迎えて、緑屋の跡をつぐ。

自分の店の薬がどのように患者に使われているのか大地堂で学びたいという、いかにももっともらしい理由をつけて乗り込んできた。

正徹はお嬢さんの酔狂《すいきょう》にはつきあいきれないと手伝いを断ったらしいが、紗江の父親でつきあいの長い緑屋の主にも直々に頼み込まれ、首を縦にふらざるをえず、今では紗江は意気揚々と通ってくる。

紗江は気が利き、やる気も満々で、手ぬぐいを姉さんかぶりにしてお嬢さんらしからぬ働きぶりだ。

丁寧な受け答えと愛嬌のある笑顔で患者たちの評判はうなぎ登りだった。

薬種問屋の娘だけに門前の小僧よろしく薬の知識も豊富で、正徹や源太郎の邪魔をしないどころか、どんな薬も薬簞笥からすぐに取り出す。乳鉢《にゅうばち》で薬を砕く姿も様になっている。

けれど、男たちはいざ知らず、女たちは気づいている。

紗江は源太郎を気に入って大地堂に乗り込んできたのだ、と。

結実のことを思い、すずはやきもきしているし、真砂でさえ「ずいぶん積極的な当世風のお嬢さんだね」とつぶやいた。絹は口には出さないものの、紗江の本心をわかっているのは明らかだ。

源太郎への思いに踏ん切りをつけなくてはならないと思っている結実も、心穏やかではない。下心を隠したかわいい娘が目の前で、源太郎のそばをちょろちょろするのはやっぱりいやなのだ。

紗江は結実にとって、喉に刺さった魚の小骨のようだった。

四

「結実ちゃん、洗濯は私が代わるわ。お茶でも飲んで、少しゆっくりなさいよ」

朝、やってくるなりすずは、井戸端の洗濯桶の前にしゃがみこんで手を動かしている結実に駆け寄った。結実は良枝の出産で使った術着や手ぬぐい、晒し木綿の山と格闘しているところだった。

昨晩の内に、大きな汚れはもみ洗いで落としたが、一晩水につけておいたものを、洗い直し、湯で煮て、干さなければならない。

「あたし、このごろ、産婆の別名は洗濯屋じゃないかって思いはじめた」

「ほんと。それをいうなら、医者だってそうじゃない？　もっとも、医者は自分で洗濯はしなくてすむけど」

すずが何気なくいう。

本宅の物干し場にはすでに大量の晒し木綿が翻《ひるがえ》っている。女中のウメが洗い、絹湯がいたものだ。

結実はため息を漏らし、ごしごしともみ洗いを続けた。

すずは袖を襷《たすき》でおさえると、隣にしゃがんで洗濯物に手を伸ばした。

「良枝さんのお産、どうだった？」

わずか二刻で男の子を産み落としたと伝えると、すずは目を丸くした。

「うらやましいような安産ね」

それからすずは座敷に目をやり、何度かまばたきをした。

「あら先生……てっきり湯屋に行かれたかと思ったのに」

開け放たれた障子ごしに、座敷にころりと横になっている真砂の姿が見える。

昨晩は食事も摂らずに寝て、今朝も少しばかり味噌汁を口にしたが、すぐに戻ってきて、うつらうつらしていると伝えると、すずは気遣わしげに眉を寄せた。

「このところ、あんまり召し上がらないよね。……お疲れなのかな。私が夜、役に立たないから」

「おすずちゃんのせいじゃないよ。一月、二月はなんでもなさそうだったもん。季節の変わり目だから、ちょっと疲れが出たんじゃない？」

「今日はお産がなくて身体を休められればいいけど。……良枝さんの往診、どうする？私が行ってもいいけど」

結実はちょっと考えて、自分が行くと言った。

すずはすでに五軒も回ってくれていて、これ以上頼むのは気が引けた。

「幼なじみだもんね。良枝さんは」

「……まあね」

あいまいに言って結実は立ち上がり、洗濯ものを物干しにかけはじめた。

良枝とは一時手習い所が一緒だったが、特に仲がよかったわけではない。

お産を請け負うことになって再びつきあいだしたものの、正直なところ、良枝とはなんとなく馬が合わなかった。

悪い人ではないのだけれど、良枝と話していると、奥歯に何かがひっかかっているような居心地の悪さを感じてしまうことがある。

この日、往診に行くと、良枝の元に来客があった。

良枝の伯母が深川から赤ん坊の顔を見に来ていた。

「これでおっかさんも成仏できる。良枝がこちらの跡取りを産むまでは生きていたいといっていたからねぇ。……あの人の苦労も報われたよ、やっと」

赤ん坊を抱きながらしゃらっと言った。おたふくの人形を思わせる顔も身体もでっぷりとした五十手前の女だ。

良枝の母が亡くなっていたというのは、結実にとって初耳だった。

だから昨晩、お産の場に良枝の係累が誰ひとり駆けつけてこなかったのだと思い当たり、胸がちくっと痛んだ。苦労知らずだとばかり思っていた良枝が、自分と同じで実母を失っていたとわかり、馬が合わないなどと決めつけていた自分を結実はちょっと反省もした。

結実が挨拶をすると、良枝の伯母は深川の料理屋小松《こまつ》の女将・アサと名のった。

「この人が、前の手習い所で机を並べてたってお産婆さん？　医者の娘？」

「ええ」

アサは無遠慮にじろじろと結実を見つめる。

「まぁ、それはそれは。医者なんて藪《やぶ》だと評判がたてば、潮がひくみたいに患者はいなくなるし、患者があればあるで夜昼なくばたばたして。……あんたのおっかさんも亭主があんなんじゃなきゃ、もっと長生きしたかも……」

「おばさんっ」

良枝が顔色を変え、制するように言ったが、アサの口は止まらない。

「あたしが嘘を言ってるかい？　みんなほんとのことじゃないか」

「でも……」

「地震で家がつぶれ、腕を折ったのが運の尽き。患者は離れ、借金だるまになって、しまいには酒に溺れて、あんたたちを残してあっけなくおっちんじまって……。あんたも、独り身で人の子どもを取り上げているのは、家が大変だからでしょ。いきおくれにならないようになさいよ」

歯の白さで結実が未婚だとわかったのか、思わせぶりにいったアサの横顔に底意地の悪さがのぞく。

良枝は唇をかんで、目を落としていた。恥ずかしさなのか憤りなのか、耳の縁が赤く染まっている。

たとえアサがいった通りだとしても、昨日赤ん坊を産んだばかりの良枝に向かってわざわざ言うことだろうか。ましてやこんなこと、良枝は結実に聞かせたくはなかったはずだ。

アサとの間に衝立《ついたて》をおき、結実は良枝の身体を拭き、続いて診察をした。悪露《おろ》は出ているが、傷もなく、熱もない。このままなら、数日で往診も不要になりそうだった。

「乳はお産婆さんにほぐしてもらいなさい。うまい産婆に当たればあふれるほどでるようになるからね」

「赤ん坊の臍がジュクジュクしたらことだよ。切り口が早く乾くかどうかも、産婆の腕次第」

アサはその間もつけつけと声をはりあげている。

言われなくてもちゃんとやりますよと、心の中でつぶやきながら、結実は赤ん坊の沐浴《もくよく》をすませると、きれいな肌着に着替えさせ、良枝にそっと手渡した。

「ありがとう。きれいになって、気持ちよさそう」

「男っぷりがあがったわよね」

昨日の今日だが、赤ん坊の赤味が薄らいだような気がする。

良枝が乳房をだすと、赤ん坊は口をぱくぱくさせて、なんとか乳首にすいついた。

だが、すぐに乳首を離す。

「おっぱい出てないのかな……」

「まだ一日目だもの。吸い付いただけで上等よ。大丈夫」

もう一度、さらにもう一度、ようやく赤ん坊は乳首をくわえ、もみしだくように口元を動かしはじめた。

「上手上手。……これなら……吸わせているうちに出るようになるよ。私が太鼓判を押すわ。ほらごらんなさいな。喉が動いている。お乳が出てる証拠よ」

良枝の顔が輝いた。優しい顔をして、赤ん坊を見つめている。やがて赤ん坊は乳首を離し、目を閉じた。

「結実ちゃんとこは、おっかさんが地震で亡くなったんだってね」

眠り始めた赤ん坊を布団にそっと横たわらせながら、良枝はつぶやくようにいう。

「うちは地震の半年後におとっつぁんが亡くなって……それで深川のおっかさんの実家に戻って……おじさんと、このおばさんの世話になったの……」

衝立の向こうで、アサがふんと鼻をならしたのが聞こえた。

「着の身着のままで、うちに転げ込んできたときにはたまげたのなんのって。あんたにいっぱい習い事させてたくせに、内情はすっからかんだったたなんて」

「……おっかさんは私をいいところに嫁に出すために、お茶やお花、裁縫まで習わせてくれたの。……そのお金がいるからって、実家の料理屋で女中に混じって働いて……」

ゆっくり、良枝が床に身を横たえた。結実は衝立をはずすと、アサが眉根を寄せ、口をとがらせていた。

「女中に混じってって……人聞きの悪い。働かせてほしいと頭を下げたのはそっちのほうだよ。実の兄が出戻りの妹を店で働かせるなんてって、うちの人も近所の人に、さんざん悪口いわれて。でも当の本人があんたに贅沢をさせたいからっていうんだから、仕方ないじゃない」

「ええ、おっしゃる通りです。……でも働きづめで、あんなに早く逝ってしまうなんて……」

良枝の祝言が決まってしばらくして、母親は風邪をひいて寝込み、みるみる悪くなり、帰らぬ人になったという。

「あっけなかったねぇ」

アサは人ごとのように言い、良枝の肩をぽんとたたいた。

「もういいじゃないか。死んだ人のことなんて。良枝は、甲斐性のある亭主持ちになったんだから。跡取りも産んで、もう安心だ。居候だったあんたがいちばん出世するなんてね。世の中、わかりゃしない。ご亭主に、うちの料理屋も使うようによくよくいっておくれ。頼んだよ」

そういうと、アサはよっこいしょと立ち上がった。

アサが帰ると、良枝がふーっと息を吐いた。

「おばさん、遠慮なしで驚いたでしょ？」

「良枝さん、苦労したのね」

ほろりと目から涙がこぼれ落ちそうになり、良枝はあわてて顔を天井に向けた。

「女は三界《さんがい》に家無しって。うちのおっかさんみたいな人のための諺ね」

子どものころは親に従い、嫁に行っては夫に従い、老いては子に従わなければならない。ひいては、この広い世界で、どこにも安住できるところがないという諺だ。

だが、自分のために母が働きづめに働く姿を見ながら、お稽古三昧《ざんまい》を続けた良枝の気持ちが結実にはどうにもわからない。

母に苦労をかけて、自分はお稽古三昧で暮らすことなど、結実には考えられなかった。別に金持ちに嫁がなくても、母と娘、無理せずに暮らしていけばいいではないか。

「私も働くって言ったのよ。そしたらぶたれたの。ここからはいあがるのは、私の縁談しかないって。その気持ちがわからないのかって。……知らないでしょ、結実ちゃんは。ほんとの貧乏がどんなもんかなんて。……お金がないってだけで、誰からもばかにされるのよ。血を分けた兄弟からだって。……この子をおっかさんに見せたかった。抱かせてあげたかった……」

　良枝は結実の気持ちを見透かしたように言い、しゅんと洟《はな》をすする。

「きっとおっかさん、よかったって、喜んでくれてるね」

　慰めるようにいった結実を良枝はまっすぐに見返した。

「結実ちゃんもいい人を見つけて、早く自分の子を抱きなさいよ。子どものころ、あんまり一緒には遊ばなかったけど、私、結実ちゃんのことがずっと気になってたのよ」

「ほんと？」

「笑顔がいいし、頭がまわって目端《めはし》がきいてたもの。年頃になったら私と結実ちゃんは、早くいいところにお嫁にいくって思っていた」

　苦笑した結実を、良枝は真顔で見据える。

「いくらおばあさんが産婆だからって。結実ちゃん、このままでいいの？」

「私は産婆になりたくてなったの。だから……」

　産婆をやらされているわけではない。

　自分が産婆になると選んだのだ。

だが、結実の声は良枝に遮られた。

「正直言うと私、そんな結実ちゃんのみじめな姿を見たのがこたえていて……」

「みじめ？　私のどこが？」

右から左に聞き捨てにできる言葉ではなかった。

結実は挑むように良枝を見返した。

良枝はその視線を跳ね返す。底光りするような目をしていた。

「忙しさに髪を振り乱し、身なりも気にせず、紅もささず、人の子どもを次々に取り上げるだけで……産婆なんかやっていたって、贅沢なんて何ひとつできないじゃない」

当たっていることは当たっている。だがそんなこと、辛くもなんともない。

それなのに、結実は返す言葉がすぐには見つけられない。

「甲斐性のある男と夫婦になって、自分の子どもを育て、楽しく暮らしていくことが女の幸せってもんじゃない」

黙り込んだ結実に、良枝はだめ押しのように言った。

後に安政の大地震といわれる震災で、結実は実母・綾を亡くした。

瓦や壊れた塀で瓦礫《がれき》の山となった揺れる夜の通りを、人波に飲み込まれそうになりながら、結実は綾に手をひかれ、山王御旅所《さんのうおたびしょ》を目指した。

父・正徹は怪我人の手当てにかり出されていた。

あちこちで炎も上がり始めていた。

もうすぐ御旅所だというところで、ひときわ大きな揺れがきて、大地が跳ね上がり、屋根から瓦が束になり、結実めがけて落ちてきた。

瞬間、結実は突き飛ばされ、ふりむくと綾の身体が瓦の山の中に埋もれていた。綾は落ちてきた瓦をその身で受け取めたのだった。

頭、顔、腕……そして綾の着物の裾から血が広がり、みるみる血だまりとなった。

通りかかった若い衆が瓦礫の中から綾を助け起こし、背負って、なんとか山王御旅所までは行った。

若い衆も近所の人も、苦しんでいる綾のために、必死に産婆を探し回ってくれた。

だが、助けは見つからず、人の身体にこれほど血があるのかと思うほどの血が綾の裾から流れ出た。掠《かす》れた声で結実の名を呼び続けていた綾は、夜が明ける前に、腹の子どもと共にこの世を去った。

明るくなってから御旅所に戻ってきた正徹は結実に、おまえだけでも助かって良かったと言ってくれた。結実は綾が自分をかばって死んだと正徹に言わなかった。言えなかった。

正徹にきつく抱きしめられながら、自分には慰めてもらう資格なんてないと思った。

おっかさんが死んだのは自分のせいだ。自分が瓦を浴びれば、おっかさんとお腹の子どもの命が救われた。

自分のためにふたつの命が失われた。

「お産婆さんがいたら、子どもだけでも助かったかもしんねぇなぁ」

「……真砂さんは別のお産に呼ばれていたとは……お産婆さんさえいたらあんなに苦しまずにすんだだろうに」

母の亡骸《なきがら》を前にした結実の耳に、近所のおばさんたちの声が聞こえた。

生き残ってしまった自分が生き続けるために、十二歳のその日、結実は産婆になると決めたのだ。

その生き方が、同年代の良枝の目にみじめに映るとは思ってもみなかった。

手習い所で仲良しだった同い年の春江《はるえ》と美園《みその》も嫁ぎ、母親となっている。

ふたりも、結実にそろそろ身を固めた方がいいとしきりに言う。産婆を続けることにこだわらないほうがいいんじゃないかと助言したりもする。

でもふたりは、産婆としてがんばる結実を認めてくれてはいる。

けれど、良枝は容赦なかった。

今まで自分がやってきたことを全否定されたような気持ちがした。

家に戻ると、診療所から晴れやかな笑い声が聞こえた。

「お薬、ちゃんと飲んで下さいよ」

「こんな苦いもん、飲みたくねえんだけどな」

「良薬は口に苦しっていうでしょ。うちの薬は特別効きますから」

「薬問屋の娘さんから言われたら断れねえや」

「あら、商売で言っているんじゃありません」

「おれはお紗江ちゃんのかわいい顔を見たいから、すぐに治んなくていいんだよ」

「またそんなこと言って」

「お紗江ちゃんも薬、飲んだりするのかい？」

「私？　私は飲みません。苦いもの……」

笑い声が広がる。

「源太郎さんは？」

「おれも苦い薬はいやだな」

笑い声が大きくなる。

「二人並んでいるとお似合いだね」

「いやだ、ご隠居ったら」

紗江の嬉しそうな甘い声が結実の耳に残った。

すずも真砂も往診から戻っておらず、別宅には誰もいない。

結実は部屋に戻ると、箪笥の一番上の引き出しから手鏡を取り出した。

自分の顔を鏡に映した。

髪はほつれ、肌はかさかさ、目の色は暗く、怒ったような顔をしていた。産後すぐの良枝よりも自分のほうがやつれて見える。

「贅沢をしたいわけじゃない。楽して生きたいとも思ってない」

口の中でつぶやく。

だが、鏡の中の疲れた女が負け惜しみを言ってるみたいだった。

そう思った瞬間、涙がこぼれそうになり、結実は鏡を伏せた。

五

お産のない日が数日続き、真砂も元気を取り戻したようだった。

その日は、良枝の往診の最後の日だった。

「この人なら、一生、苦労知らずで暮らせるお金が蔵に唸《うな》っているという殿方を探してあげるわ」

良枝は意気揚々と結実にいい、胸を叩いた。

「いいわよ、そんなこと、望んでないし」

「無理しないで、私の前だけでは正直になってよ。幼なじみなんだから」

「だから、そんなんじゃ……」

「結実ちゃんたら、かっこつけていきがっている歳じゃないのよ」

結実は憂鬱《ゆううつ》な気持ちで、村松屋を後にした。

見合いをする気なんてないと、もっときっぱり言うべきだったという気持ちが胸に渦巻いている。言ったところで、良枝にはわかってもらえないような気がして、話を切り上げてしまった。

面倒でも良枝が納得しなくても、伝えるべきだったのだ。けれど、もはや後の祭りだった。

日本橋川沿いを鎧《よろい》の渡しまできた結実の足が不意に止まった。視線の先に源太郎の姿が見えた。源太郎の後ろを、紗江が歩いてくる。

紗江が源太郎の顔を見上げ、何かおもしろいことを言ったのか、源太郎がぷはっと噴き出した。

こんなときに、源太郎と紗江と出くわすはめになるなんて最悪だと、結実は唇を噛み、足を速めた。顔を伏せたまま、ふたりをやりすごそうとしたが、通り過ぎざま、源太郎が結実に気づいた。

「結実！」

足を止めた結実に、源太郎が駆け寄る。

「お紗江ちゃん、すまないが、先に行っててくれ」

「源太郎様……」

不満げな紗江の声が聞こえたが、結実は振り向くことさえできなかった。

源太郎は結実の前に立った。うつむいている結実の目に、雪駄《せった》をつっかけた源太郎の大きな素足が見えた。

「結実……一度聞きたいと思ってた」

「……」

「おれがなにかしたのか？　それなら、謝る」

源太郎が頭を下げたのが、気配でわかる。

「謝るって……そんなんじゃないの」

「じゃ、なんで結実はおれを避けてるんだ」

「源ちゃんは全然悪くない……」

いたたまれずこの場から立ち去ろうと源太郎の横をすり抜けようとした結実の袖を、源太郎が遠慮がちにつかむ。

「せめて、前のようにできないか？　結実と普通に話がしたいんだ。理由もわからず避けられるのはいやだ」

結実は押し黙ったまま、答えない。まともに源太郎を見ることもできない。

そのとき、本宅の女中のウメが結実を呼ぶ声が聞こえた。

「結実ちゃ～ん！」

はっと顔をあげると、ウメが駆けながら、こっちに向かってくる。

「よかった、ここで会えて。村松屋さんまで走らなきゃならないかと思った……」

ウメははぁはぁと肩で息をしながらいう。

「お世津《せつ》さんが産気づいたって。真砂先生とおすずちゃんは先に行かれました。おすずちゃんは途中で抜けなくちゃならないだろうから、一刻も早く結実ちゃんに来てほしいって、真砂先生が……」
「音羽町《おとわちょう》の刀剣屋のお世津さんが……」
ぽんと源太郎が結実の背を押した。
「早く行ってやれ。……話はあとでいい」
結実ははじめて源太郎を見た。うなずく源太郎の目が優しかった。
「おれも往診だ。……がんばれ。またな、結実」
白い歯を見せて歩き出した源太郎に、紗江が駆け寄るのが見えた。
源太郎は紗江と、結実はウメと別々の方向に歩いて行く。
今の結実と源太郎を表しているようだと思った。
松平様の角でウメと別れ、海賊橋《かいぞくばし》を渡りかけたとき、雨が降り出した。
大八車《だいはちぐるま》で荷を運ぶ男がちっと舌打ちして、足を速める。
買い物に来た商家の女中らしい女が唐傘《からかさ》を開いた。
結実も手ぬぐいを髪にまく。
だが雨脚は次第に強くなり、ぴしぴしと雨粒が顔を打ちはじめた。
自分が邪険にしたせいで源太郎を傷つけていたなんて、結実は思ってもいなかった。
己のことしか考えていなかった自分自身に腹が立つ。なんて身勝手な女だと自分がいやになる。

結実だって源太郎と話したい。でも同じくらい、怖《お》じ気《け》をふるってしまう。

そうしてふたりがどんどん離れていくのをどうすることもできない。


世津は三度目のお産だったが、上の子どもと六つも離れていたせいか、なかなか陣痛が進まなかった。けれど、明け方近く、無事に女の子が生まれた。

おぎゃあという元気よい産声《うぶごえ》が聞こえると、家族が歓声をあげた。世津はほっとした顔で微笑んだ。

健やかな新しい命は、結実にいつも力をくれる。

産婆という仕事をしていてよかったと心底嬉しくなる。

だがこの日の結実はそれでも心が晴れなかった。

帰り道、雨はあがっていたが、まだ朝日が顔をだすまでは間があった。

水かさを増した楓川《もみじがわ》の水が闇に溶け、ざわざわと水音だけがたっていた。

ちらちらと水面《みなも》に映る提灯《ちょうちん》の明かりは、刀の切っ先のように尖っている。

たどり着いた家は真っ暗だった。診療所にもあかりはない。

「早くお休みよ」

真砂はすぐに布団にもぐりこむ。

結実は井戸から水を汲み、その日使った布類をごしごしと洗った。春がきたとはいえ、井戸水は冷たく、指先がじんじんと痛む。

真砂は頼りになるし、結実には家族もいる。

でも、自分はひとりぼっちだという気がした。

何度も水をかえ、血の汚れをざっと落とすうちに、空が薄明るくなった。見上げると、東の空が橙《だいだい》色に染まっている。

空の美しさがまぶしかった。

「こんなときに、なんでこんなにきれいなのよ」

結実はため息を吐《つ》くと、ざっと洗濯桶の水を捨てた。

第二章　鳥の目

一

「梅は咲いたが、鶯《うぐいす》はまだかいな、っと」

義母の絹は初物好きで、この季節は毎年、鶯の初鳴きを心待ちにしている。

桜を鶯におきかえ、十日ほど前から縁側に出ては耳を澄ましていたが、ついに二日前に初鳴きを聞いたと大騒ぎし、昨日も今日も機嫌良く鶯餅《うぐいすもち》を作っている。

餡子《あんこ》を求肥《ぎゅうひ》で丸く包《くる》み、左右にちょっと引っ張り、鶯の形にし、鶯粉こと、青大豆《あおだいず》のきなこをまぶす絹の鶯餅は、色も香りも春告げそのものだ。

「今日も良枝さんとこに行くの？」

朝ご飯のあと、絹は結実に聞いた。

結実は頬をふくらませる。

「来てくれって。昨日も行ったのに」

「なら、これ、持って行って」

自慢の鶯餅の紙包みをさしだす。

「いいわよ。大金持ちなんだから、有名どころのお菓子、食べ放題だもん」

「そりゃ、菓子屋のものにはかなわないけど、素人の気の置けない味も乙《おつ》なもんよ」

「でも……」

「いいから持ってお行きなさいな」

絹はきっぱり言って、結実に紙包みを押しつけた。

良枝の往診から解放されてほっとしたのもつかの間、頻繁に村松屋から小僧が結実を迎えに来る。

行けば「明日も来てね」と念押しされる。

その分、気前よく支払ってはくれるが、結実は気が重かった。

眠れない、食欲がない、子どもが泣いてばかりいる、風呂にいれるのが大変だ、腰が痛い……よくもこれほどと思うくらい、良枝はあれこれ言いたてるが、どれも産婆を呼びつける必要があるほどとは思えない。

もっとも赤ん坊が生まれてから、不安にかられる母親は少なくない。

赤ん坊が生まれて嬉しいという気持ちとは別に、赤ん坊との新たな暮らしになれることができず、睡眠不足や疲れも加わって、気鬱《きうつ》に陥る者だっている。

だが良枝はそれとは違う気がした。

村松屋では掃除洗濯は女中がするので、良枝は赤ん坊の面倒さえみればいい。

長屋の女たちから見ればお大尽ならではの手厚い助けがあって、文句を言ったら罰《ばち》があたると言われてしまうだろう。

ただ、姑がときおり赤ん坊を見にくるほかは、良枝の身内のアサが一度来ただけで、亭主の村松屋伊左衛門も忙しいらしく、数日、良枝のところに顔を出さないこともままあるらしい。

赤ん坊が泣かない限り、良枝の休む部屋はいつだって、庭の木々の葉擦《はず》れの音がさわさわと聞こえるほど静かだった。

「余計なことは言わず、良枝ちゃんの手や足を揉んであげなさい。神門《しんもん》や合谷《ごうこく》は気持ちを落ち着かせてくれるから念入りにね」

出がけに真砂は結実にいった。

神門は手首内側、小指側の皺《しわ》のところにあるツボであり、合谷は手の甲の親指と人差し指の骨の交わるところにあるツボだ。

「できれば、良枝ちゃんを縁側に連れ出して、お天道様の光を浴びさせてやりなさい。

お天道様は百薬の長だから」

「は〜い」

結実は生返事をして、家を出た。

良枝には赤ん坊の顔を見に来る友だちも近所にいない。

気を許せる親兄弟もいない。

うつうつとした気持ちを吐き出すところがないから、結実を呼びつけて、愚痴をぶつけるのだろうと、結実はうすうす気づき始めていた。

「お口に合うかわかりませんけど」

鶯餅を渡すと、良枝は眉をあげた。

「結実ちゃんのおうちで作った鶯餅？　へぇ〜」

うまいともまずいとも言わず、良枝はもくもくとふたつ続けて食べた。

それから身体の調子が悪いという話をまた延々続けた。

結実が赤ん坊を湯あみさせている間も、良枝は横になったまま口を動かしている。

乳をやり、赤ん坊が眠っても、「あちこち痛いし、まとまって寝れやしないし、疲れた疲れた、こんなこといつまで続くのかしら」など、愚痴とも文句ともつかぬことを言い続ける。

生まれた子どもに言葉がわからないのが幸いというものだった。

結実が真砂に言われたとおり手を揉むと、良枝はようやく静かになり、気がつくと目を閉じ、眠っていた。

夢をみているのか、まぶたの下の眼球が少し動いている。白い肌は陶器のようになめらかだ。ちょっと険をふくんでいるが涼しげな一重まぶたは、女の結実から見ても、色っぽい。

良枝の手をそっと布団の中に戻し、この間にさっさと帰ろうと結実が立ち上がったとき、良枝はぱっと目を開いた。

「もう帰るの？　来たばかりなのに」

「赤ん坊もぐっすり眠っているし、良枝ちゃんも眠っていたから。今は眠るのがいちばんの薬だよ」

「せっかく寝ていた私を起こしたのは結実ちゃんでしょ」

「……」

「もう一回、手を揉んで」

奉公人に言うように良枝は結実に命じる。

いい加減にしてと捨て台詞《ぜりふ》を言いたくなるくらい、良枝は高圧的だった。

だが、友だちだと思うから腹が立つのだと思い直す。良枝と自分は産婦と産婆だと心に言い聞かせ、結実は良枝の枕元に座り直した。

ついっと差し出された良枝の手をとり、結実はまたまんべんなく揉む。

「結実ちゃんの手ってがっさがさ。うちの女中の手より荒れてるね」

「産婆は洗濯ものが多いから……」

「手当てなさいよ。里芋や牡蠣《かき》の殻をいれた軟膏が今、流行ってるじゃない。きれいに化粧していても、手足が荒れていれば殿方は興ざめだっていうでしょ。結実ちゃんは化粧もしてないけど。赤ん坊だって、こんながさがさの手の産婆じゃいやよ」

結実はあいまいに口を濁した。

水を使うたびに軟膏を塗り直すことなどできない。

だいいち件《くだん》の軟膏はそれなりの値段なので普段使いなどとてもできやしない。

ただ、殿方が興ざめはともかく、赤ん坊がいやがるだろうというくだりは応えた。たしかに生まれてきたばかりの赤ん坊は柔らかい手で抱き上げてやりたい。ひっかかりそうなほど荒れている手ではなく。

「鏡台のところに軟膏があるから、私に塗ってくれる？　結実ちゃんも使っていいわよ。今のままじゃ、結実ちゃんの指の腹が痛くて。私の手が傷つきそう」

いわれるままに良枝の手に軟膏を塗り、また結実は丹念に揉みはじめた。やがて良枝はふうっと気持ちよさそうに息をはいた。

「ああ、これでいい。がさがさが痛くなくなった。きっと結実ちゃんの手の方が軟膏をすごい勢いで吸いこんだのね。砂が水を吸い込むみたいに」

良枝は結実の傷つきやすい柔らかいところを知っていて、何でもない風を装って、毎回、そこを狙って叩いてくる。

今日は手荒れがまな板にあがったというところか。

ときどき良枝の言動に女の媚《こび》や小意地の悪さがにじむのが、うっとうしかった。

帰り際、良枝は半紙にくるんだものを仰々しく差し出した。

「はい、これ」

「ありがとうございます」

胸にそのまま収めようとした結実を、良枝が制する。

「中身を確かめなくていいの?」

あわてて半紙を開くと、いつもの一朱銀《いっしゅぎん》ではなく二朱金がはいっていた。

「やだ、良枝ちゃん。これじゃもらいすぎよ」

指圧と赤ん坊の湯あみに一朱払うのは良枝くらいだ。もっとも、体が落ち着けば産婆を赤ん坊の湯あみだけのために呼びつける女は滅多にいない。

それにしても二朱は法外だった。

「いいの。とっておいて。明日も来てちょうだいね」

「お産がなかったら……」

「ふうん。お産があったら、しょうがないけど。産婆だものね。おっかさまには、鶯餅ごちそうさまとお礼を言ってください。おいしかったって」

良枝はきつい口調でいう。硬い石のようなものが、結実の胸の中でこつんと音をたてて転がった。

二

帰り道、結実は手習い所帰りの弟・章太郎とばったり出会った。

「あ〜、疲れた」

十三歳違いの、背丈が自分の肩までもない弟相手に、思わず本音が漏れる。

章太郎はしかつめらしい顔でうなずき、「私もです」と言った。

お天道さまは中天に輝き、柔らかな春の日差しを降り注いでいる。

章太郎にも光が当たっているが、確かに浮かない表情をしていた。

章太郎は絹と正徹の間に生まれた弟で、今年九歳になる。生まれたときから足首が内側を向いているため、ゆっくり歩くのが精いっぱいで走ることはできず、正座することもできない。

「何かあったの?」

章太郎はあたりをうかがうように見回し、声をひそめた。

「居残りさせられました」

「げっ……」

章太郎は正徹の唯一の男子なので、大地堂の跡継ぎということになる。

足のせいで幼いころから近所の子どもと遊ぶこともなく、大人の間で育ったためか、ときどき妙に達観した口をきき、頭は回るように見えるのに、章太郎は勉強のほうはぱっとせず、唯一、興味を示したのが絵だった。

昨夏、絵を習いたいと章太郎が言いだしたときには、絹は学問の妨げになることはさせられないと頭ごなしに反対した。

だが正徹が好きなことをやるのもいいだろうと言い、成績が落ちなければという条件で、その秋から四谷に住む関根《せきね》雲停《うんてい》という本草画家のもとに十日に一度通うようになった。

「赤点は私だけで……」

眉を吊り上げる絹の顔が目に浮かび、結実はため息をついた。

「起きたことはしかたない。今度、がんばればいいのよ」

ふうっと章太郎も息を吐く。

「好きなものならがんばれるのに、そうじゃないものは、そもそもどうがんばればいいのかわからなくて……源兄ちゃんもがっかりさせてしまいます」

源太郎は章太郎が絵を続けるためにも成績が下がらないようにと、仕事の合間に、章太郎の勉強を見てくれていた。

「そんなときだってあるって。元気出しなさい」

「おっかさまになんと言えばいいんでしょうか。絵の稽古は……」

「さすがに一度や二度、赤点とっただけで、絵をやめろとは言わないんじゃない？　雷が落ちたら、通り過ぎるまで頭をひたすら下げ続けるしかないわよ。そのうち、黒雲も風に流されるから」

「ですよね！」

納得したように、章太郎はようやく顔をあげた。

足が悪い章太郎にとって、四谷に住む絵の師匠の家との往復はたやすいことではない。だが、雨の日も風の日も休まず、章太郎は嬉々《きき》として通っている。日の出と共に家を出る章太郎の姿を見るたびに、好きなものの力はすごいと結実は感心していた。

「で、姉さんはどうしたんですか」

「ん？　良枝ちゃんがうっとうしいってだけで、たいしたことじゃないの」

「友だちはね……めんどくさいこともありますよ。いいときばかりじゃありません」

「わかってるじゃない」

「それなりに苦労していますから」

幼い子ほど、人と違うものに対しては敏感で、あからさまな態度をとりがちだ。不自由な足のために、章太郎は手習い所のいじめっ子に目をつけられたこともある。今はなんとかつつがなくやっているものの、章太郎なりに、気を遣うことも少なくないようだった。

案の定、帰宅するや、本宅から章太郎を叱る絹のどすのきいた声が聞こえた。やっと絹の声がやむと、章太郎が別宅にとぼとぼ肩を落として入ってきた。

「やれやれ。なかなか黒雲が去ってくれず、こてんぱんに叱られました」

洗濯物をたたんでいる結実の隣にちょこんと座る。結実が一段落するのを待ち、章太郎は一枚の絵をすっと差し出した。

「なに、これ……」

高いところから江戸の町を見下ろし、絵にしたものだった。

結実は息をのんだ。

江戸城、寛永寺《かんえいじ》、墨田川、永代橋《えいたいばし》、浅草……遠くには品川の町も見える。左側に海が広がり、奥には富士山がそびえ、手前の町々には火見櫓《ひのみやぐら》も描かれている。

こんな絵を見るのは、結実は生まれてはじめてだった。

「江戸ってこんな風になってるの?」

章太郎は我が意を得たりとばかり、身を乗り出した。

「たまげたでしょ。江戸城の東側から町を見下ろした『大江戸鳥瞰図《ちょうかんず》』という絵なんです」

「うちはこのあたりかな?」

結実は絵の一点を指さした。

「日本橋がここだから……そうなりますね」

「すごい絵ねぇ。こんな風景が見えるところなら、知っていてもよさそうなのに。どこなんだろ。行ってみたいな」

「それが……どこにもないんです。そんな場所は」

「ない？　ないのに……見てないのに描けたっていうの？　どうして描けるの？」

「だから鳥瞰図《ちょうかんず》なんです。空を飛ぶ鳥が、ながめる、絵」

ひとことひとこと区切って章太郎は言った。

作者は鍬形蕙林《くわがたけいりん》という絵師で、祖父の蕙斎《けいさい》も鳥瞰図を得意としていた津山藩お抱え絵師だったという。

「実際には江戸の切り絵図と、あちこちの高台から見える街の風景を頭の中で混ぜ合わせて描いたものだろうとお師匠さんはおっしゃってました」

「へぇ〜。鳥はいつもこんな景色を見てるのかぁ」

自分たちが暮らしている町がまるで見知らぬ場所のように見える。

「そこまで驚いてくれるとは、見せたかいがあったというものです」

章太郎は小鼻をふくらませる。

「……目の高さが変われば、見え方がこんなに変わる。ものごとも、同じじゃないかって。落ち込んだ時、私はこの絵を見るんです。励まされるような気がして」

絹から思い切り叱られたのに、結実のことを心配して、小言がすむやいなや飛んできて大切な絵を見せてくれたと思うと、章太郎がいっそういとおしくなる。

「今回の居残りは特別に大目にみてくれるそうです。けれど、夏までにもう一回、居残りとなったら、即刻、絵の修業は終了だと、おっかさまに言われました。それが私のためだと言うんですが、ほんとにそうなんでしょうか」

章太郎はまたため息をもらした。

それにしても、これほど気が回る章太郎が町家の、長屋の子も集まるような、有名でも何でもない手習い所でも頭角をあらわせないどころか、たったひとり居残りさせられるなんて、よほど学問と相性が悪いと思わざるを得ない。

三

おなかの子どもが動かなくなったと、マスが訪ねてきたのは、雨が続いてやっと晴れた朝だった。

マスは駕籠《かご》かきをしている六平の女房で、五年前、十九歳の時に女の子を産んでいる。もう産み月で、腹はぱんぱん、いつ生まれてもいい時期でもあった。

すずは往診に出たまま帰宅するといって出かけたばかりで、真砂と結実が診察にあたった。

「昨日の昼頃までは、腹の形が変わるほど元気よく足で蹴ってくれていたのに……ぴたっと静かになっちまって」

真砂はマスを寝かせると、ラッパ形の聴診器を腹にあてた。何度か、聴診器の場所をかえ、それから真砂はマスの足首を指で押した。

「結実、おまえもやってごらん」

マスの足首は筒のように太くなっていた。

そっと押したのに、結実の指の跡がくっきりと残る。なかなか戻らないどころか、指の形がいつまでも消えない。

妊婦は産み月が近づけばむくみやすくなるものだが、尋常ではなかった。

先月、マスの家に往診に行った時のことを結実は思い出した。

マスはあのときも強いむくみに悩んでいた。耳鳴りもあり、目がちかちかするとも言っていた。

――むくみを甘くみてはなりません。

真砂はその日、強い口調で、マスに釘をさした。漬物など塩気がきつい食べ物を避けて、針仕事も休み、無理をしないように、とも。

だが、マスはあいまいにうなずくばかりだった。

亭主の六平は力仕事のため、塩辛い漬物は欠かせない。六平の稼ぎだけでは暮らしがたたず、針仕事を休むわけにはいかない。前のお産の時にも同じようにむくんだが、無事に生まれたと、マスは少しばかり不満顔で言った。

それでも真砂は心配な顔を崩さず、むくみをとる黄解清血散《おうげせいけつさん》を正徹に処方してもらい届けたのだが、高価な薬はもったいないと、マスは一回飲んだだけだった。

あれからひと月。むくみはさらにひどくなっている。

「おなかは、痛くない?」

「……ちょっと。昨晩からしくしくしているけど。それより頭ががんがんして……」

「頭が?」

「耳鳴りがひどいんですよ。目のちかちかかも」

もう一度、真砂は聴診器を腹にあてた。

厳しい顔で、結実にも聞くようにいう。

トッ……、トッ……

結実はぞっとして、マスに気取られないように真砂の顔を見た。

そのうえ、音が小さく弱弱しい。

あきらかに赤ん坊の心音が遅い。

おなかの赤ん坊は、トットットットッと、大人の倍も早く脈を打つものなのだ。そのうえ、音が小さく弱弱しい。

「おマスさん、少し疲れているんじゃないかい？　ちょっと、休んでってくださいな。結実が体を温めて、ほぐしますから」

真砂はマスをいたわるように言い、結実に湯を沸かすよう命じた。

竈の薪に火をつけ、結実が火吹き竹で息を吹きかけていると、真砂が土間におりてきた。

「早く陣痛がきて赤ん坊が生まれてくれれば、おマスさん、助かるかもしれないけど、このままじゃ……」

真砂が結実に耳打ちする。結実は背筋が冷たくなる。

「おマスさん、そこまで悪いなんて……」

心音で赤ん坊が弱っているとは思った。

だがマスと赤ん坊の命が危機に瀕《ひん》しているとまでは、気づかなかった。

結実の思いを見抜いたように真砂がいう。

「赤ん坊が弱っているのは、おマスさんの体が弱っているからだよ。万が一、赤ん坊がおなかの中で死んでしまったりしたら、取り出せるかどうか……今すぐにでも、陣痛が起きてくれればいいんだけど。……足をあっためて、三陰交《さんいんこう》を丹念に押してあげなさい。合谷と内関《ないかん》、人迎《じんけい》と天柱《てんちゅう》も。お産を乗り切る体力がおマスさんに残っていてくれるといいんだけど……」

足の内くるぶしの上にある三陰交というツボは、安産のツボとも呼ばれている。お産のときにこのツボを指圧すると裾がやわらかくなり、出産が進むともいわれていた。

あたたかい湯で絞った手拭いでマスの足を温め、血をもどすようにさすり、結実は早く陣痛がきてくれと願いつつ三陰交を押した。

「あ〜〜、いい心持ちだよ」

マスはふ〜っと大きく息を吐き、とろとろと眠りはじめた。

親指と人差し指の付け根にある合谷、手首の内側にある内関、喉ぼとけの両脇にある人迎、後頭部の髪の生え際の左右にある天柱、これらは、血の巡りが悪くなっているマスの体を整えるためのツボだ。

しばらくしてマスは目を覚ました。

「ああ、よく眠った。こんなにぐっすり寝たのは久しぶり。結実ちゃん、お世話さまね。真砂先生、おかげさまですっかり楽になったよ」

マスは、ユキを産んだ時の夢を見ていたと微笑む。

「生まれる前、おなかの子っておとなしく静かになるってこと、あたしったら、すっかり忘れちまってた。五年前のことなのに。ユキも生まれる前の日、同じことがあったんだよ。夢が教えてくれるなんてねぇ」

おなかをさすりながら、マスは続ける。

「ってことは、この子には明日にでも会えるってことだよね。あたしったら、何を心配してたんだろ。産めば、むくみだってよくなるんだし、ユキんときだってそうだったし……。ちょっと頭が痛かったから、心配の虫がでてきちまったんだ。大騒ぎして、みっともないったらありゃしない。でも、ツボを押してもらって気持ちよかった。来たかいがあったよ。さすが真砂先生と結実ちゃんだ」

マスは身体を起こした。

「お産が始まったら、よろしくお頼みします。じゃあ」

笑顔で立ち上がったマスを、真砂が呼び止める。

「待って。おマスさん、話があるんです」

「話？　今日は失礼しますよ。帰ってやらないと。長屋のおかみさんたちに頼んできたけど、ユキはあいかわらず甘えん坊で。もう昼餉《ひるげ》の時刻だもの……」

　だがそこでマスの声が途切れた。

　腹をおさえて、マスがすとんとしゃがみこんだのだ。

「はじまっちまったみたい……」

　顔を歪《ゆが》めながら、マスは無理に笑顔をつくり、駆け寄った結実の手をぎゅっとつかんだ。

　口には出さなかったが、結実はよかったと胸をなでおろした。

　赤ん坊は今なら、元気に生まれるだろう。マスも助かる、と。

「……家に帰らなくちゃ。子どもは自分ん家《ち》で産まないと。……先生、結実ちゃん、つれて行ってもらえるかい」

　マスは痛みに耐えながら立ち上がる。

「ここで産みましょう」

　真砂がマスの肩に手をかけた。

「……まだ家に帰るくらいの時はあるだろ」

「無理は禁物ですよ」

「無理？　そんな大げさな。まだ歩けるよ。休み休みならたどり着けるはずだ」

「……おマスさん、気持ちを落ち着けて、これから話すことを聞いてください」

声を改めた真砂を、マスはきょとんと見つめた。

真砂はマスを上がり框に座らせた。

「むくみがひどく、目がちかちかしたり、耳鳴りがするというのはよくないことなんですよ」

「よくないって？」

「悪くすると、お産の時にひっくり返ることもあって」

「ひっくり返るって……このあたしが？　なんで？　……卒中《そっちゅう》？　中風《ちゅうぶう》になるってこと？」

卒中は突然倒れる病だ。そのために麻痺が出たり、半身不随になるのは中風と呼ばれる。

「真砂さん、お産でそうなった人、見たことあるの？」

「……ええ……」

「その人たちはどうなったの？」

真砂は答えない。

マスはその意味をくみ取ったようにつぶやく。

「あたしのおっかさんもおとっつぁんも卒中で倒れ……最後は寝たきりになっちまった。……だからあたしもいつか、そうなるんじゃないかって思ってた。……でも今じゃないだろ。ずっと後でなきゃ。ユキも小さいのに、この子もいるのに」

腹をなでたとたん、再び陣痛の波が襲ってきたのか、マスの顔が苦痛に歪んだ。

「そんなことにならないように……その子のためにも用心にこしたことはないという話です。……おマスさん、どこで産もうといいじゃないですか。産婆の家なら気兼ねはいらないし。今は無事に産むことだけを考えましょうよ」

長年、毎日のように子どもを取り上げてきた経験に裏打ちされた真砂の言葉は、有無をいわせぬものがある。

マスは渋々ではあるが、真砂にうなずいた。

「結実ちゃん、長屋のおかみさんたちとうちの人に、使いを出してくれるかい？」

「はい、すぐに。ほかに、お知らせするところ、ある？」

「他はいいよ。もう誰もいないから……」

本宅に走り、結実は下男の長助《ちょうすけ》に使いを頼んだ。

長助が通りに飛び出そうとしたとき、真砂が草履をつっかけて別宅から走り出てきた。

「長助。六平さんだけじゃなく、ユキちゃんも連れてくるように伝えておくれ。必ず、一緒にくるようにって」

別宅に戻ろうとしていた結実の足が止まった。

真砂があれほど焦った表情でユキを呼ぶということは、最悪のこともありうると思っているからに違いなかった。

これでマスも赤ん坊も助かるとほっとしていた自分はなんて未熟者だと、結実は唇を噛んだ。

「結実。おマスさん、ここでお産するんだって？」

後ろから、源太郎の声がした。振り返ると、源太郎が結実を見つめている。

「急に産気づいちゃったの。でも……無事に生まれるかわからなくて……」

「わからないって？」

怪訝《けげん》な顔で、源太郎が結実の顔をのぞきこむ。

「源太郎さん。患者さんが待ってますよ」

紗江が呼ぶ声が聞こえた。

「おれで役に立つことがあれば、いつでも呼んでくれ。……しっかりな」

黙りこんだ結実に、源太郎はそう言って戻っていく。結実はこぶしを握り締め、マスの元に駆けていった。

四

六平が娘のユキの手を引いてやってきたのは半刻《はんとき》（一時間）後だった。

早く赤ん坊が出てきてほしいのに、マスの陣痛は止まっていた。

「結実ちゃん。この間に家に戻れないかね」

マスはまるで何かにとりつかれているかのように、家に帰りたいとしきりに繰り返している。

「もうおしるし（出血）もあったし。無理は禁物だって真砂先生もいってたでしょ」

「うちの人も来たし、ゆっくりそろそろ歩いたら、帰れるよ」

「おとっつぁんに負ぶってもらえばいいよ。力持ちなんだから」

あどけなくユキが言うと、マスはぷっと噴き出した。

「負ぶわれたら、おなかの赤ん坊がつぶれちまう。……その前に、あたしと赤ん坊の重みでおとっつぁんがつぶれるよ」

「だったら、駕籠を頼む？　おとっつぁんは駕籠かきなんだから」

「そうだね。おとっつぁんの仲間に頼むって手もあったね……あっ」

マスがうめき声をあげるなり、体をふたつに折った。

「六平さんとユキちゃんは隣の部屋に……」

それから、四半刻《しはんとき》後、赤ん坊の頭が見えた。

「今です。いきんで」

真砂が掛け声をかける。

そのとき、どさっと重い音がした。

力綱を握っていたマスの手がだらりと下がり、後ろに積み上げた布団に、ずるずると体が沈み込んでいく。

「おマスさん、しっかり。赤ん坊が出てきたよ。もうちょっとよ」

結実があわてて抱き起こす。目を閉じたマスは返事をしない。体から力が抜けている。

「六平さん！　本宅に行って、先生を呼んできておくれ」

真砂が部屋の外に向かって声を張り上げる。

「おマスに何か？」

「早く！」

外に出ていくあわただしい足音が聞こえた。

声をかけても、マスは目をあけさえしない。腕を持ち上げても、こちらが手をはなせば、だらっと下に落っこちる。結実がマスの背中を支えていなければ体は即座に後ろにひっくりかえりそうだった。

産道で動けずにいる赤ん坊はこのままでは息が詰まり死んでしまう。

真砂は手に油をつけると、裾に手をいれ、赤ん坊のあごに手をかけ、ゆっくりひっぱった。ずるっと赤ん坊が出てきた。

真砂は赤ん坊を結実に手渡す。赤ん坊は体をふるわせ、小さな泣き声をあげている。だが顔はぶす色で、あきらかに元気がない。

「顔をきれいにして、おマスさんに抱かせて。湯あみはいいから。時間がない」

結実はマスの体を布団にあずけると、急いで赤ん坊を受け取り、お湯で絞った手拭いで顔と体をふいた。

「おめでとうございます。男の子ですよ」

真砂がマスに言っているのが聞こえる。マスがようやく薄眼を開いた。

「よかっら……うまれら……」

ろれつが回っていない。

「……今、抱いてもらいますからね」

結実はマスの腕の中に、赤ん坊をおいた。マスの顔からはすっかり血の気が引いている。

「かわいい男の子ですよ」

源太郎がそっと入ってきたのはそのときだ。

真砂が立ち上がり、源太郎に何かを伝えた。卒中という言葉が聞こえた。やはりと結実は口元を引き締める。

「なるべく動かさないで、卒中には安静がいちばんだから」

源太郎が結実に耳打ちする。

「でも、後産があるの」

「わかってる。やらざるをえないことがあるのは」

真砂がふすまをあけ、「生まれましたよ」と六平とユキを呼び入れた。

「おマス！」

「おかあちゃん！」

ふたりはマスの枕元に駆け寄った。

「がんばったな、おマス。今度は男の子だ。えらかったぞ」

「……あんら……ユキ、おれえちゃんになっらんらよ……らいたら、おちちがはっれきらみらい……」

不自由な口でマスはとぎれとぎれに話す。

六平の顔がこわばる。目だけがこれ以上ないほど見開かれていた。

次の瞬間、マスがうっとうめき、後産がはじまったのかと思いきや、下半身が血に染まった。

後産でゆっくりおりてくるものが一気に剝がれ落ちてしまったようだった。

結実は裾に晒し木綿を強くおしあてる。

源太郎が促し、赤ん坊を抱いた六平とユキをまた隣の部屋に連れていく。

「先生、おマスは……お産でくたびれて口が回らねえんですかね」

六平が不安そうに源太郎に聞いている声がかすかに聞こえる。

マスの血は止まらない。

血でずしっと重くなった晒し木綿を桶にいれ、また新しいものをあてる。また新しいものを。

「先生、赤ん坊が息をしてねえ」

マスの息が止まったそのとき、隣の部屋から六平の悲痛な声が聞こえた。

六平とユキは転がるようにして部屋に入ってきた。

「おマスさんも、たった今逝かれました。助けることができず、申し訳ありません」

真砂はふたりに向かって頭を下げた。

「嘘だろ。おマスが死んだって。赤ん坊も死んじまったって」

六平は赤ん坊の亡骸《なきがら》を抱いたまま、マスの枕元に座った。

「おマス、目を開けろ。乳が張ってきたと言ってたじゃねえか。この子に乳をやってくれよ。……おまえがおいらやユキを置いていくわけがねぇよな。おいらより長生きするっていっつも言ってたじゃねえか。ユキが嫁に行くまでは病気もしねえって言ってたじゃねえか」

六平の目からほろほろと涙があふれだす。

「……起きろ、起きてくれ。ユキとおいらを置いていかねえでくれ」

源太郎が六平のそばに座り、背中に手をやった。

六平はその手を邪険に振り払う。

赤ん坊をそっとマスのそばに寝かせ、六平はマスの手を両手で包んだ。

「あったけぇのに……」

「おとっつぁん！」

ユキが震えている六平の首に手をまわし、背中に顔をうずめた。まだユキには死とはどういうものなのか、わからないに違いない。けれど、父親の動転した姿に、とんでもないことが起きていると慄《おのの》き、思わずしがみついているように結実には見えた。

「おかあちゃんと赤ん坊は逝《い》っちまった。おユキ。堪忍な」

六平はマスの手をそっと戻すと、静かにつぶやく。

結実は胸が締めつけられるようだった。

どうしてこんな悲しいことが起きるのか。

ひと月前のあのときに、これ以上むくまないようにしなくてはならないと、もっと強く言うべきだったのではないか。マスに煙たがられても嫌がられても、食べるものに気をつけ、仕事を休み、薬をちゃんと飲むように強いたら、こんなことにはならなかったのではないか。

真砂は何度もマスに薬を断られてからは、その家の事情とやり方があるからと、口を出さなくなった。それでよかったのか。

長助が長屋に知らせに走り、しばらくして、差配人や長屋の人たちが駆けつけてきた。

六平とマスは鴛鴦《えんおう》の契《ちぎ》りといわれるほど、仲のいい夫婦だったとおかみさんたちが目頭を押さえた。

マスは近くの下駄屋の娘、六平はお茶屋の跡取りだったという。

六平がマスを見そめて祝言の約束をしたのは、マスが十六、六平が十九のときだった。だが、その直後に起きた火事で、六平は家も店も家族も失い、無一文となった。

普通なら破談となるところだが、マスは親の反対を押し切り、駕籠かきになった六平と一緒になり、長屋住まいをはじめた。

それまで働いたこともなかったのに、マスは得意の針仕事をはじめ、暮らしを助けた。子ども好きのマスは長屋の子どもたちにもなつかれていた。

――あたしは働くのが好きみたい。働くのが全然苦じゃないの。

――子どもはかわいいねぇ。何人でもほしくなっちまうねぇ。

それがマスの口癖だった。

「六平さんはおマスさんにぞっこんで。酒を飲むと、火事に全部持ってかれちまったけど、観音様みたいな女房がきてくれて、おいらは幸せ者だって。……なんでよりによって……おマスさんがこんなに早く死んじまうなんて」

マスの枕元で、ユキを抱きしめている六平の後ろ姿をみながら、女たちは洟《はな》をすすりあげる。

やがて六平は顔をあげた。

「先生、おマスはなんで死んだんです？」

振り返って、源太郎にたずねる。

「まだ二十四なのに。なんで……」

「お産は命懸けで……」

「おマスはお産に負けたんですか？」

源太郎に代わって、真砂が答えた。

「お産に勝ち負けなんてありゃしません。あの体で、赤ん坊をちゃんと産み落としたんです。立派でした。……ただ、体が弱りすぎていて」

六平は真っ赤な目をむいた。

「体が弱ってたとは初耳でさぁ。多少太ったくらいで……元気そのもので、……今朝だって、早くお帰り、一本つけるからと、見送ってくれたんだ」

「はた目には元気そうに見えていてもそうじゃないということがあるんです。おマスさんは、太ったんじゃなくて、ひどくむくんでいたんですよ」

「むくんだとか、寝てろって言われたとか、あいつ、いろいろ言ってたけど……それが命に関わることだったなんて……死ぬなんて、了見なんかできねえよ。……おマスは今朝も笑ってたんですぜ」

「……おマスさん、いい女房だったんだな……」

ぽつりと源太郎がつぶやく。

六平はこみあげてきたものを飲みこみ、声を張りあげる。

「ああ、天下一品の女房よ。おいらにはもったいないほどの……。なぁ、おユキ。おかあちゃんは、いいおかあちゃんだったよな」

ユキは六平の胸に顔をうずめる。

「先生、薬を飲んでたら、おマスは助かったんですかい？　先生んとこから薬が届いたとき……おマスはこんな薬なんて飲まなくていいよ、と言ったんでさぁ。それならそれでいいだろうって、おいらは思っちまった。ちゃんと飲めと言ってやらなかった。……おいらがおマスを殺しちまったんですかい？」

源太郎は顔を横に振る。

「六平さんのせいなんかであるもんか。……薬は万能じゃない」

源太郎が怒ったように言うと、六平は目に腕をあててうめき声を押し殺した。

しばらくして長屋から持ってきたいものがあるといって出ていき、六平は大きな風呂敷包みを持ってすぐに戻ってきた。

マスと赤ん坊の遺体を載せる大八車《だいはちぐるま》に、六平は掻《か》い巻《ま》きを敷いた。マスと赤ん坊は真っ白な着物でおおった。

「おマスさんが祝言で着た打掛だ……とっておいたんだね、質入れもせず」

おかみさんの誰かがつぶやいた。

六平は自分で大八車を引いて去っていく。

ユキは長屋のおかみさんに背負われて帰っていった。

真砂と源太郎とともに門に出て見送りながら、結実は、元気で歩いてここにきた人が、亡骸となって運ばれて家に戻っていく回り合わせに、いたたまれないような虚しさを感じた。

何かしないといられなくて、結実は井戸端に走り出ると、真っ赤に染まった晒し木綿を洗った。

真砂はもうこの木綿は使えないから始末しようと言ったが、そうするにしても洗えるだけ洗ってきれいにするのが、マスへの礼儀のように思った。

その日の夕暮れ、結実は庭のモチノキに登った。

木登りをするなんて何年ぶりだろう。

高さ十六、七尺（約五メートル）もあり、幹が太く、どっしりとした樹形のモチノキだ。

七年ほど前、正徹が邪魔くさいと切ろうとしたのだが、絹がせっかく生えているんだからと反対して残された木だった。

枝に足をたらして座った。

風が吹いていた。

茜色に染まった雲が流れている。

ぽつぽつと家々にあかりがついていた。

診療所から出てきた源太郎が「何してんだ」と下から声をかけた。

「空を見てんの」

するすると器用に源太郎も登ってきて、隣の太い枝に腰をおろす。

「見晴らしがいいな」

「うん」

目の高さを変えるだけで物事の見え方が違うと、章太郎が言ったのはほんとだなと結実は思った。

大きく広がる空と比べると、人はひどく小さく見える。

源太郎もただ空を眺めていた。

何も話さない。

けれど、源太郎が同じ木に登り、同じ空を見ているというだけで、結実は救われたような気がした。

五

翌晩、真砂と結実はマスの通夜のため、北島町《きたじまちょう》に出かけた。

六平の長屋の前には提灯《ちょうちん》が掲げられ、マスの人柄なのか、大勢の人が集っていた。

狭い長屋には入りきらず、外に用意した縁台に座った人に、長屋の女たちが飲み物をふるまっている。

女たちはひそひそと声をひそめてマスの死因について話していた。

「お産は女の鬼門《きもん》だからねぇ……」

「……さんも……さんも、亡くなったのはお産で……」

「でもおマスさんはぴんぴんしてたじゃない」

「ときどき肩で息をしてたよ」

「お針仕事で夜なべもしてたから……」

産婆の真砂の顔を見ると、女たちはぴたっと口を閉ざした。

マスはすでに早桶《はやおけ》に入れられていて、その脇に六平が座って、線香を上げる人に挨拶をしている。

ユキは長屋の親しい家に預かってもらっているらしく、姿がみえなかった。

「七平はマスと一緒に埋葬してもらうことにしました」

「七平？」

真砂が怪訝な顔をすると、六平は亡くなった赤ん坊の名前だと低い声で言う。

「おいらが六平だから、男の子だったら七平と名付けようと、おマスと話していたんでさぁ」

「それで七平と……いい名前ですねぇ」

「……おマスは赤ん坊が生まれるのをそりゃあ楽しみにしていて……情が深い女だから、頑是《がんぜ》無《な》い赤ん坊をたったひとりで向こうにやるのがたまらなかったのかもしれねえ。あの子に乳をやるために、一緒に行こうとしたのかもしれねえ。赤ん坊に名があれば、あっちでもおマスが七平、七平と呼んでかわいがってやれる……」

「おマスさんならきっとそうですねぇ。これからはおマスさん、七平ちゃんと一緒に、六平さんとおユキちゃんを見守ってくれますね」

真砂がいう。六平は頬に涙をはわせながら、うんうんと大きくうなずいた。

星も見えない暗い夜だった。

提灯の火袋の明かりを頼りに、結実と真砂はマスの長屋を後にすると、楓川沿いを歩いて帰った。

川向うを、新内流《しんないなが》しを引き連れた芸者連れの男が歩いている。

身はうつせみの薄衣

燃ゆる思いをさかきやへ

「此糸《このいと》さんえ、私ゃ蘭蝶《らんちょう》の女房、宮でござんす」

縁でこそあれすえかけて

約束かため身をかため

「嬉しかろうか良かろうか」

腹が立つやら悔しいやら

積もる涙の口舌《くぜつ》もたきつせ
意地を道理に女気の
とけて嬉しき今日の首尾

三味線を弾きながら、艶っぽい声で歌う新内流しの音曲が夜のしじまに流れていく。

「蘭蝶だねぇ」

「蘭蝶って？」

「新内流しの演目さ」

真砂がつぶやく。

幇間《ほうかん》の蘭蝶は遊女の此糸と深い仲になり、妻のお宮との間で板挟みに苦しみ、結果此糸と心中するという人気の曲だという。

真砂は四角四面のようでいて、長唄や端唄《はうた》が好きだった。いつか隠居をしたら、芝居小屋に通いまくると、冗談のようにいったのを結実は聞いたことがある。

同じ夜に、女房や親を亡くし嘆き悲しむ者もいれば、心中の歌を聞きながら、芸者連れで遊ぶ人もいる。

誰が死のうが、夜が来て朝が来る。これが世の中だ。

「六平さん、薬を飲ませればおマスさんは助かったのかって、源ちゃんに聞いてた……」

思い切って、結実は真砂にいった。

もう新内流しの声は聞こえない。三味線の色っぽい響きだけが闇を震わせている。

「……源太郎さんはどう答えていました？」

真砂は言葉を濁す。

「……薬は万能じゃないって」

「……その通りだと思いますよ」

「でも……もしかしたら、薬がきいたかもしれないよね」

真砂がふうっと息を吐く音がした。

「よかれと思って、口を酸っぱくして言っても、人は、納得しなければ動かないものですよ。本人が飲みたくても、そうはできないこともある。飲まなければいけないと人に言われることを負担に思う人だっている。……おマスさんのことは悔しいよ。今、元気に赤ん坊を抱いてくれていたらどんなにいいだろうと、私だって思う。でも、無理強《じ》いはできない。……産婆は、できることをやるしかない……悔しくてもつらくても、産婆が音《ね》を上げるわけにはいかない。妊婦の気持ちに寄り添い、次は助ける、助けたいという気持ちで進んでいかないと……明日だって、今晩だってお産があるかもしれないんだ」

真砂は目じりに浮かんだ涙を節くれだった指で押さえた。

帰宅し、井戸端で顔を洗っていた結実は、源太郎が近づいてくると、やっぱり身が固くなった。

「おユキちゃん、どうしてた?」

源太郎がやや早口で言う。

結実は手拭いで手早《てばや》に顔を拭くと振り返った。

「……ほかの家に預かってもらっていたみたい。通夜の晩は人が大勢だから。長屋の前まで人があふれてて」

「そうか。……おれと同じだな。おれもおふくろの通夜の時は預けられてた……」

源太郎は七歳のときに母親を病で失っている。

数年後、父親は人を介して紹介された久美《くみ》と再婚し、弟・象二郎《しょうじろう》が生まれた。

象二郎は十六歳ですでに西洋医学所に通っている秀才と評判で、両親の期待を一身に集めている。

源太郎にとって家は、盆暮れに顔をだすだけの場所になっていた。

「みな、与えられたところで育つしかないが、六平さんは優しい人だ。男手でも、おユキちゃんをしっかり育ててくれるだろうぜ」

「ええ」

源太郎は井戸端の床几に腰をかけた。

とんとんと手でたたいて隣に座るように促す。

結実は口を引き結んだ。

「なにもしやしねえって」

照れくささを隠すように白い歯を見せた源太郎に、結実はわざとそっけなく言う。

「明日も忙しいんだけど」

「聞かせたい話があるんだ」

「なによ、藪《やぶ》から棒に……」

気のない返事をしたが、結実は結局、源太郎の隣に座った。

源太郎の匂いがふっと鼻をくすぐる。

「聞いた話だが、数年前、飯能《はんのう》で、腹の中から赤ん坊を取り出す開腹手術が行われたらしい」

「かいふくって？」

「腹を開ける。腹を裂いたんだ」

驚きのあまり口があいたままの結実にかまわず、源太郎は続ける。

手術を受けたのは、三日間陣痛が続いていた三十代の妊婦だという。

「腹の中で赤ん坊は死んじまっていたそうだ。そのまま放っておいたら、どうなる？」

「妊婦も死んでしまう……」

そこで蘭方《らんぽう》医術と和漢の医業を学んだふたりの医師がオランダの医学書『撒羅満氏《さろもんし》産論《さんろん》』を見ながら、開腹手術に踏み切ったという。

「でも腹なんか裂いたら、やっぱり死んでしまうじゃない」

源太郎は首を横に振った。

「それがうまくいったんだ。術後、傷口から膿《うみ》が出て、熱も出て、長く寝付いたが、傷はふさがり、今は元気にしているってよ」

結実は目を見開いた。

「生き残って、元気になった？　ほんとに？　腹を裂いて赤ん坊を出すなんて痛みに人が耐えられるものなの？　思うだけで震えそうなのに……」

「確かに、痛みや出血で死ななかったのは奇跡かもしれないが……」

刀で切られて大地堂に運ばれても、大量の出血や痛みのために命を落とす人がいるのだ。

「で、思ったんだ。もし、痛みを消す薬があれば、そうやって助けられる命が増えるかもしれないなって」

前に、章太郎が「痛みがなくなる薬があればいいのに」とつぶやいたことがあったのを、結実は思い出した。

あれは確か、昨年、普請場《ふしんば》にたてかけられていた材木が倒れ、たまたま通りかかった小僧が大けがをしたときのことだ。

あのとき、源太郎は、そういう薬がないわけではないが、体の負担が大きすぎて使えないといった。

「……そういう薬があって……腹のどこを切ればいいかわかっていて、もっと早く赤ん坊を取り出すことができたら……おマスさんだって、助かっていたかもしれない」

「その医学書の訳本を読んでみたくないか？」

「……まさか……源ちゃん、その本、持ってるの？」

思わず身を乗り出した。

「いや。探し始めたところ」

「なんだ、残念！」

　源太郎は、肩をすくめた結実をまじまじと見つめて、ふっと笑う。

「普通の女なら腹を裂くと聞いただけで震え上がるのに……結実は根っからの産婆なんだな」

　ずきっと結実の胸が痛んだ。

　産婆は普通じゃないと言われた気がした。

けれど、源太郎は笑ったままだ。その目がいたずらっぽく光っている。

「いつかその本を手に入れたら、見せてやる」

「ほんと？　きっとよ」

　それから結実は源太郎を見る。

「源ちゃんも普通の男とは違うわよ。そこらへんの男なら、女の腹を開いて赤ん坊を出すなんてことを聞いたら卒倒します」

「源ちゃんって久しぶりに呼んでくれたな」

　源太郎がまた笑った。

　人懐っこい、心にするりと入ってくるような笑顔だ。

「元気出せよ。また明日な」

源太郎はぽんと結実の肩をたたくと、立ち上がった。
風が心地よく結実のほほをなぶった。

第三章　星巡る

一

四月に入ってすぐ元治《げんじ》から慶応に改元された。

結実が物心ついてからでも、嘉永《かえい》、安政、万延、文久《ぶんきゅう》、元治、慶応と目まぐるしく元号が変わっている。

改元は、凶事を断ち切り、悪いことが続くのを防ぐためのものといわれていた。

だが、万延はほぼ一年、文久は三年、元治もわずか十四か月にすぎなかった。覚える前に変わっちまうとうそぶく輩《やから》も少なくない。改元などしたところでなんになるのかと、みな白けていた。

慶応は、『文選』という文献の中の「慶雲応に輝くべし」よりとったありがたい元号らしいが、めでたいことが起こる前兆の雲が輝く……という意味だといわれても、辻占《つじうら》の言葉ほども確かではない。

世の中は変わり目にあると、結実でさえも感じている。

黒船来航以来、海の向こうからどんどん船がくるようになったし、横浜の港が開かれると赤毛青い目の体の大きな男たちを日本橋でも見かけるようになった。

尊皇攘夷だの開国論だのという理由で斬り合いが増え、京では長州藩が宮城に刀を向けご公儀が征伐に乗り出したとかなんとか、騒ぎは一向におさまらない。

源太郎と結実は、顔を合わせれば言葉を交わすようになった。

といってももっぱら、天気や患者の話だ。

以前のように軽口をたたいたりするまでにはなかなか至らない。

暇があれば思い悩むことがわかっているので、結実は何かと体を動かして働いている。


その日、結実は往診の帰りに、絹の用事で湯島に足を延ばすことになっていた。

だが往診に出かけた家で思った以上に時を食った。

三日前にお産をした女房の乳が出ていなかったからだ。念入りに乳をもみ、乳首をくわえさせやすい赤ん坊の抱き方など事細かに教えると、湯島に行くのが遅れた。

絹の友人に届け物をし終えて、昌平橋《しょうへいばし》を戻ってきた時には日が暮れかけていた。

昌平橋から神田川沿いに続く柳原《やなぎわら》の土手は、筋違《すじかい》御門から浅草御門まで十町あまりも小さな古着屋がぎっしり並んでいて、毎日がお祭りのような賑やかさだ。

けれどそのすべてが床店《とこみせ》で、夜には人気《ひとけ》がなくなり、町が一変する。

通るのは客を引く夜鷹くらいで、世をはかなみ、土手に植えられた柳の木で首くくりをする者もいる。

結実は年中、お産や往診で出歩いているが、だいたいが八丁堀界隈に限られ、ここまではめったに足を延ばさない。

せっかく湯島まで行くのだから、できればちょっと寄り道をして柳原の古着屋をひやかして歩きたいとひそかに思っていたのだが、ほとんどの店が帰り支度をしている。

未練がましく柳原のほうを一瞥《いちべつ》したものの、あきらめて先を急ごうとした時、土手のほうから男たちの叫び声がした。

「首くくりだ！」

「女だ！」

「手を貸しとくれ！」

捨て置けなくて踵《きびす》を返すと、結実は土手を這い上がった。

古着屋のおやじや奉公人らしき男たちが、倒れこんだ女を取り囲んでいる。

女の首には切られた腰紐《こしひも》がかかったままだ。

女が木の枝にぶらさがろうとしたときに誰かが気づき、紐を切ったのだろう。

医者を呼べと言っている声が聞こえる。

結実は女の手をとった。脈を確かめると、案外しっかりしている。

すんでのところで助かったのだと、結実はほっとした。

女が気付いて目をあけたのはそのときだ。

「おお、気づいたぞ……」

男たちがどよめく。

「なんでまたこんなことを……」

「名は？」

「あんたんちは？」

男たちは口々に声をかけるが、女はぼんやりとした目のままだ。

「娘さん、あんたが聞いとくれ」

「あたしが？　あたし、ただ通りかかっただけで……」

「むさくるしい男が相手じゃ、だめなんだよ。こういうときは」

「首くくりなんてよほどのことだからな」

「男にひどい目にあったのかもしれねぇ。女には女じゃねえと」

柳原の土手で商売する男たちは、ものなれた様子で口々にいう。

結実は女を抱き起こした。

「大丈夫ですか……お住まいはどこですか？」

女はしばらくして、「八丁堀」といった。

「誰か、八丁堀に住んでるやつぁ、いねえか」

一番前にいた四十がらみの体格のいい男が後ろを振り向いて叫んだが、誰も答えるものはいない。

「私、八丁堀です」

しかたなく結実が言うと、それなら女を送ってやってくれと、男たちは気軽に言いはじめた。

結実はぎょっと首をすくめた。

「自身番《じしんばん》におまかせしたほうが……」

男たちは目をむいた。

「ここでどんだけ首くくりがあると思ってるんだ？　いちいち届け出たら、あれこれ事情を聞かれ、面倒なことになっちまう。娘さんが、一肌脱いでくれればそれで済むんだよ」

「そんな……」

首くくりの女をおしつけられるなんてこと、結実だって避けたかった。

だが、女のうちしおれた様子を見ると、自分には関わりがないことだと、放り出すこともできない。

「歩けますか？」

「……」

結実が顔をのぞきこんで尋ねたが、女は首を横にふるばかりだ。うりざね顔に白い肌、博多人形のようなきれいな顔をしていた。

ここから八丁堀までなら女の足でも大した距離ではないが、歩けないとなると、駕《か》籠《ご》か大八車《だいはちぐるま》か、猪牙《ちよき》の三つにひとつだ。

「八丁堀のどこ？　何町？」

「……よ、鎧《よろい》の渡しの近く……」

蚊の鳴くような声で女はいった。

「娘さん、大回りになるが、猪牙で送ってやっておくれでないか」

男が貫録たっぷりにいい、結実の返事を待たずにくるりと後ろを振り向いた。

「娘さんが引き受けてくれた。こっから鎧の渡しまで猪牙で送り届ける。みな、金を出せ。ひとり二十文。娘さんの女気を思ったら、安いもんだぜ」

「娘さん、助かったぜ」

「すまねえな。面倒かけて」

「これも縁というもんだ」

ぞくぞくと手が伸び、男が広げた手拭いの中に小銭がたまっていく。

「余った金はこの女にやってくれ」

男は集まった金を包み、結実に押しやると、女の肩をだき、船着き場まで連れて行き、ご丁寧に船頭《せんどう》に事情を話し、船賃を負けるように交渉までした。

船頭が櫂《かい》に手をかけると、男は結実に向かって叫んだ。

「おいらは土手で古手屋《ふるてや》をやっている喜八だ。買い物に来たら忘れずに寄ってくれ。店は筋違御門の前だからすぐにわかる。勉強するぜ」

「私は坂本町で産婆をやっている結実と申します」

「お産婆さんか。わけえのにてえしたもんだ。……結実ちゃん、頼んだぜ。恩に着る」

薄闇の中、舟は神田川を下り、大川に出る。両国橋をくぐり、永代橋《えいたいばし》から日本橋川に入った。波はなく、舟は滑るように進む。

聞こえるのは櫂を操る音だけだ。

まもなく鎧の渡しというところで、女は、どうして自分なんかを助けたのかと、さめざめと泣き始めた。

「助けるのは当たり前でしょう」

「死なせてほしかった……」

「……せっかく生まれてきたのに。死んだらもったいないですよ」

「死ぬしかなかったのに……」

ようやく鎧の渡しについて、船頭に払った残りの金を渡そうとすると、女はいらないといった。

「そちらが使ってくださいまし」

女はくるりと踵を返し、川沿いを大川のほうにふらふらと歩きだす。

すでにあたりは真っ暗、月明かりだけが頼りだ。

結実はあわてて女を追いかけた。

「私がもらうわけにはいかないわ。家はどこ？　家まで送ります」

「……放っておいて」

「そうはいかないの。頼まれたんだから。家の人もきっと心配してるわよ」

「待っている人なんていやしません」

女はすとんとしゃがむと、膝に顔をうずめてまた泣き出した。

このまま女をひとりにしたら、また死のうとするかもしれない。

「……よかったら、うちにこない？」

結実は思い切っていった。

「ここからすぐなの。ばたばたしている家だけど、気兼ねはいらないから」

女は泣き顔を上げ、結実をゆっくり見た。涼しげな眼が色っぽい。

「いいの？」

「いいよ」

結実は微笑んだ。

二

「ここ？」

大地堂の看板がかかった門を見て、女は足を止めた。

「うちはこっちだけどね」

左側にある小さな別宅を指さす。

「結実！　どうしたの、こんなに遅くまで。長助に湯島まで探しに行ってもらおうとしてたとこだったのよ。どこで油売っていたのよ」

絹が下駄をつっかけて走り出てきた。

結実はその場を去ろうとした女の腕をつかんだ。

「この方は？」

まばたきを繰り返しながら、絹は結実と女を交互に見た。

「今日、泊まってもらうことにしたの」

「どちらのどなた様で……」

「えっ⁉　え〜っと」

名前も聞いていないことに、そのときはじめて結実は気が付いた。

女は結実の顔をちらっと見て、小さな声で答える。

「……柳橋で芸者をしている菊千代でござんす」

神田川と大川が合流したところに架けられた橋が柳橋であり、柳橋芸者は辰巳《たつみ》芸者ともよばれる。

吉原などの芸者と比べて、薄化粧で身なりも地味、冬でも足袋をはかず、芸は売るが身は売らないのが辰巳芸者ともいわれていた。

結実が色っぽいと思ったのも道理だった。

「八丁堀って……」

今度は結実がまぶたをしばたたく番だった。住まいは八丁堀というのは出まかせだったのだろうか。

詳しい事情はわからないものの、何かを察したように絹が明るくいう。

「おなか、すいたでしょ。もうみんなすませちゃったわよ。さ、あなたも早く、どうぞ中に」

菊千代は別宅をちらっと見て、本宅に入ろうとした結実に耳打ちをする。

「向こうの家ではなかったんでござんすか」

「こっちは私の実家で本宅。ご飯は本宅で食べてるの。向こうは祖母の家で、今はそっちで私、産婆の見習いをしているってわけ」

ご飯とみそ汁、おろし大根をたっぷりそえた鰺《あじ》の干物、小松菜と油揚げの炒め煮、五目豆のお膳を、結実と菊千代ふたりで囲んだ。

絹はお茶を入れると、すぐに奥に引っ込んだ。

正徹や源太郎、章太郎も様子をうかがいにきたが、部屋にまでは入ってこない。

菊千代はみそ汁に口をつけたものの、あとはほとんど食べなかった。

「いらっしゃいませ、弟の章太郎です」

お膳を片づけると、機会をうかがっていた章太郎が入ってきた。

章太郎は興味津々という顔で、菊千代を見つめる。

「姉さんに、こんなにきれいな友達がいるとは今の今まで知りませんでした」

結実の仲良しの美園や春江が聞いたらにょきっと角をだすようなことを言い、章太郎は菊千代が身に着けていた着物の柄について質問をした。

漆黒の地色に、大輪の牡丹が描かれている。

首くくりに驚いて気が付かなかったが、これまた、素人が着るようなものではなく、一目で玄人だとわかる着物だった。

「黒地に、大輪の牡丹。美しいものですね。牡丹のほかにも菊や梅が柄付けされてる……着物の絵師が描いたんですよね」

「……」

「まさに百花王という荘厳さだなぁ……」

結実は席を外し、奥に向かった。

章太郎は好きな絵のことを話し始めれば止まらない。

菊千代を煙《けむ》にまき、うまく座持ちをしてくれそうだった。

絹にざっくりと事情を話すと、絹は訳知り顔でうなずいた。

「そういうことだろうとなんとなく。首のまわりが赤くすれていたから……気の毒に、どんな辛いことがあったのやら」

それから絹は胸をとんとたたいた。

「湯島にお使いを頼んだ帰りの出来事だから、私にも責任があるわ。これから、おっかさまに話をしてくる。おすずちゃんの布団で寝てもらえばいいわね。とにかく今日はゆっくり休んでもらって……明日になったら落ち着いて、家に帰ってくれるかもしれないし」

だが案に相違して、菊千代は翌朝も帰るとは言わなかった。

その次の日も、またその次の日も。

あっという間に五日が過ぎた。

やれお産だ、往診だ、洗濯だと、結実たちが飛び回っているのに、菊千代は日がな一日、ぼ～っと何もせずに暮らしている。ご飯も小鳥ほどしか食べない。

事情を飲み込んでいる真砂は何も言わないが、すずはちょっとおかんむりだ。

「人のうちに居候《いそうろう》して、こっちが駆けずり回っていても、手伝おうとさえしない……いくら辛いことがあったとはいえ。洗濯物をたたむくらいはできるでしょうが」

大きなおなかでふうふういいながら、口の中でつぶやく。

それを知ってか知らずか、その日の午後、菊千代はふらりと家を出て行った。

「おすずちゃん、ごめん。ちょっと見てくる」

「もう放っておきなさいよ。あんな人」

「そういうわけにもいかないわよ」

「ほんと、おせっかいなんだから結実ちゃんは」

菊千代を追って門を出たところで、手習い所から帰ってきた章太郎とばったりあった。

「章太郎、菊千代さん、見た？　どっちにいった？」

「松平様のところを鎧の渡しのほうに……出てっちゃったんですか」

「何も言わないで、出かけちゃったのよ」

「それは……」

章太郎は荷物を門の陰に放り投げると、駆け出した結実のあとをゆっくり追った。

菊千代は、鎧の渡しの手前の岸辺で、川を眺めていた。

結実が名を呼ぶと、菊千代はびくっと体を震わせて、振り向いた。

「結実ちゃん。……章太郎さんも」

結実になんとか追いついた章太郎もぺこっと頭を下げた。

菊千代の目に涙がふくれあがり、あわてて指でぬぐう。

沈黙を破ったのは章太郎だった。章太郎はすぐそこにある茶店を指さす。

「姉さん、あそこで団子をおごってくれませんか。おいしいんですよ。芋坂《いもざか》の羽二重《はぶたえ》団子《だんご》に勝るとも劣らないという人もいるほどで」

結実は振り返って章太郎をきっと見た。

「手習い所の帰りに買い食いしているんじゃないでしょうね」

「人聞き悪いことをいわないでください。違いますよ。源兄ちゃんに連れて行ってもらったことがあるんです」

すました顔で言った章太郎を見て、くすっと菊千代が泣き笑いになった。

三人で茶店に入り、団子とお茶を注文した。

菊千代はお茶を口にすると、ふっと息を吐《つ》いた。

「長いこと、すっかりお世話になっちまって……。何もしないで暮らすなんて、もったいないことを」

それからぽつぽつと菊千代は身の上を語り始めた。

「あたしは捨て子で、赤子のあたしを置屋のおかみさんが拾ってくだすって……育ててもらったんでござんす」

小さいころから三味線と踊りを叩き込まれ、十六歳からは座敷に出たという。

団子のおかわりを章太郎が注文しに行った隙を狙ったように、菊千代は、育ての親とはいい時ばかりではなく、十八歳のときに反発から置屋を飛び出し、米問屋の隠居の囲い者になったといった。

「けれど歳が歳でござんしたから、三年後、ご隠居さんは心の臓をいため、亡くなっちまって……」

その後は置屋の両親とは和解し、いったり来たりしていたが、五年前のコロリの流行で、ふたりは亡くなった。

「天涯孤独ってのは、心底寂しいものでござんす。コロリ騒動が落ち着くと、町は元通りの賑わいを取り戻し、連日、お座敷もかかるようになったんでござんすが……胸の中はふきっさらし。野っ原にひとり、立ちすくんでいるようでござんした」

結実はその気持ちがわかるような気がした。

地震で母を失ったとき、江戸中に復興の槌音《つちおと》が響いても、結実はなかなか明日のほうを向くことができなかった。母親をはじめ、あっけなく人が死んでいく姿を見すぎたのか、生きているという実感もなくなっていた。

あのころ、再び歩みを進めた者と同じくらい、気力を失った人も多かったのではあるまいか。ぬくもりを求めてか、夫婦になる男女が相次いだりもした。

「……思いもかけず、いい人ができたのは三年前の春でした。江戸詰めの水戸藩のお侍で……」

当時菊千代は二十五歳。芸者の中では年増だったが、その侍も、コロリで家族を失っていて、それもあってか、菊千代をひいきにし、いつも座敷に呼んでくれ、急速に親しくなった。

やっと顔を上げられる。心から笑える。

そんな日がようやく菊千代にも戻ってきたと思えた。

だが昨年、天狗党《てんぐとう》が筑波山で挙兵すると、男の様子が変わった。

「あの人は藩校の弘道館《こうどうかん》で学び、天狗党を率いた藤田小四郎《ふじたこしろう》さまと、かつて机を並べた仲で……自分だけが江戸でぬくぬくとしていいのかと……」

天狗党に加わりたいと思い悩む男に、行かないでほしい、そばにいてほしい、菊千代はすがるように頼み続けた。

　水戸藩の中では、天狗党の一派を排撃する動きが巻き起こっていた。天狗党の首謀者と親しい男は閑職にまわされた。

　七月、公儀が天狗党追討令を出し、諸藩に出兵を命じると、何の因果か、その男も天狗党を討つ軍に組み入れられた。自分の思いとは正反対な立ち位置になってしまったのである。

　天狗党が討伐軍に降伏すると、男は戦から帰ってきた。

「別人のようでござんした。心をどこかに置き忘れたかのようにぼんやりしているかと思えば、突然、激高して目を血走らせ、荒々しい言葉をまき散らし……優しい人でござんしたのに」

　こんなことになるのなら、天狗党に入りたいと男が言ったとき、黙って見送ってやればよかった。どうして止めてしまったのか。

　男が人変わりしたのは自分のせいだと、菊千代は自分を責めた。

　同輩の芸者からは、そんなやっかいな男とは早く切れろといわれたが、深く傷ついた男を放り出すことはできなかった。

　いつか、もとの男に戻ってくれると信じて、寄り添い続けた。

だが、男はひと月ほど前、町で喧嘩に巻き込まれ突然、命を落とした。

「無駄死にでござんす」

「そんな……」

「死にたくなって死ぬようなことをしたんでござんしょう」

切って捨てるような口調で、菊千代はいった。

「……あたしへの裏切りでござんす」

菊千代が男の死を知ったのは、葬儀が終わった後だった。

遺体は荼毘《だび》にふされ、水戸の親戚が引き取ったという。

「なんにも残ってござんせん。あの人がはて、本当に生きていたのか。……ただ、斬りつけられて運び込まれたのが大地堂だとは、後になって聞いて……」

菊千代を連れ帰った夜、菊千代が大地堂の看板を驚いたように見つめていたことを結実は思い出した。

「……あのお侍さんかな。源兄ちゃんが看病していた……」

ぽつりと章太郎がつぶやく。

えっ、と、菊千代が顔をあげた。

「そのお侍さんのこと、何かわかるかも……。源兄ちゃん、帳面になんでも書いているから」

目が暗く光り、菊千代は唇をきつく噛んだ。

「結構でござんす。……聞いて、あの人が生き返るわけじゃなし。……水戸のお侍たちに聞いても、あんな腑抜けのことは忘れろ。戦では役立たずだったくせに、生き残り、抜かなくてもいいところで刀を抜いて、あのざまだ、と散々ないわれようで……」

菊千代の声に悔しさがにじむ。

「でも、菊千代さんのいい人だったんでしょう。だったら、最期がどうだったのか、知りたいじゃない。その人、生きていたのよ」

結実が菊千代の肩に手をのせると、菊千代はうつむいて、洟《はな》をすすりだした。

三

患者が途切れるのを待ち、井戸端に呼び出し、仔細を伝えると、源太郎は驚きとも哀しみともつかぬ顔になった。

「水戸藩の水野市左衛門《いちざえもん》さまのことを菊千代さんが……」

こくりと菊千代がうなずく。

「ちょっと待っててくれ」

あわてて本宅に戻り、手に帳面を持ち、源太郎が戻ってきた。

床几《しょうぎ》に座ってくれと源太郎は菊千代と結実にいい、縁台を引き寄せ、章太郎にも座るように促し、自分も腰かけた。

水野市左衛門が亡くなったのは、喧嘩が原因ではないと、源太郎は開口一番にいった。

「湯屋帰りのじいさんと孫が辻斬りに斬られそうになっているところに、市左衛門さんが出くわし、ふたりを助けるために刀を抜いたんだ」

ふたりを辻斬りから守るように自分の体を盾にして、市左衛門は不利な体勢で戦った。

「けど、孫が怖さのあまり、じいさんの手を振り切って逃げようとして飛び出してしまってな。辻斬りはその子を追いかけ、狙いをつけて、刀を振り下ろそうとしたとき、市左衛門さんが身を挺《てい》してかばって……肩を……」

「町の者との喧嘩じゃなかったんでござんすか。……そんな、あんまりだ……」

菊千代は叫び、口を手でおおった。

「これは岡っ引きから聞いたことだが……辻斬りをしていたのは偉い旗本の息子だったそうだ。……水戸藩は天狗党の一件で、公儀には頭が上がらない。それで相手の息子を不問にするために、もしかしたら、そんな話が拵《こしら》えられちまったのかもしれん……」

助けてもらった祖父と孫の家の者が水戸藩邸を訪ね、線香を上げさせてもらいたいと頼んだが、もう終わったことだとけんもほろろに帰されたということも、源太郎の耳に入っていた。

「市左衛門さんは一時、意識を取り戻して……あの人は天文学を学んでたそうだね」

菊千代がうなずく。

「市左衛門さんは、お菊と呼んでいたかい？」

「……はい。お菊と……それが何か……」

「市左衛門さんは亡くなるまでその名を呼んでいたから」

菊千代は手巾《しゅきん》で目を覆った。

遺体を引き取りに来た水戸藩の人に菊という名の女がいないか、源太郎は尋ねたが「知らぬ」といわれ、これまで市左衛門からの預かりものを持ち続けていたような気持ちでいたという。

源太郎は菊千代を柔らかく見つめ、帳面を開いた。

「間違いがないように、書き留めたものを読むよ。市左衛門さんがいった言葉だ」


『侍などやめればよかった。

暦屋《こよみや》にだってなれた。そしたらお菊と一緒になって、星を眺めて暮らせた。

芸者をやってるいい女なんだ。三味線がうまくて、踊りは滅法艶っぽい。

身持ちが固くて、気が強くて、とびきりの美人だ。

あいつは、行くならあたしを殺してからだ、と啖呵を切ったんだ。

そういわれて、天狗党にはせ参じるのをやめたが、後悔などしておらん。

お菊と子どもを育てたかった。

あいつも私も子どもが好きでね。

お菊に会いたい』

菊千代は両手で顔を覆って泣いた。源太郎も涙声だ。結実も章太郎も目が赤くなっている。

「……あの人、そんなことを……」

やがて、菊千代はつぶやいた。

「暦屋になるって……あの人、本気だったんでござんすか。なんてことだろう。でもそんなことできるわけないってあたし、真に受けなかった……」

市左衛門は何度かそう言ったことがあると、菊千代は唇をかんだ。

侍は、家名を残す宿命を負っている。生まれたときから自分に課せられたしがらみを振り切ろうとすれば、それによって生じるさまざまな軋みや穏やかならざる反対や波紋に相対しなければならない。

昨今、身分を捨て脱藩浪人になる者もいる。だが、星を見るのが好きだから、侍を捨て暦屋になると、市左衛門が言ったところで誰が本気にするだろう。菊千代だって、そんな言葉を鵜呑みにできなかった。

しばらくして源太郎が口を開いた。

「……おれ、思うんだ。市左衛門さんは最後の最後に、自分が選べなかったもうひとつの生き方、いってみれば夢を語ることで菊千代さんと過ごした日々を今一度かみしめていたんじゃないかって。それくらい菊千代さんが恋しくて、今生で出会えてよかったと思っていたんじゃないかって……」

菊千代は目頭を押さえながらうなずいた。

「晴れた夜はいつもふたりで空を見上げていたんでござんす。星の名前も教えてくれて……。いつも北の空にある心星《しんぼし》（北極星）、赤く明るい五月雨星、織姫星に彦星、秋と冬には赤い平家星、その近くには白い源氏星……」

「星にそんなにたくさん名前がついているの？」

「ついているんでござんすよ。あの人、次々に星を指さしては、まるでふたりで星巡りをしているみたいだなって……」

「星巡り？」

「あい。星と遊んでいるような心持ちだったんでござんしょか。楽しそうに笑っておりやした」

夕方、菊千代は泣きはらした顔で言った。

「お邪魔さまでござんした。おかげさまで、あたしは生き返ることができたような心持ちでござんす。この御恩は一生忘れやしません。改めて、お礼にうかがわせていただきます」

それからふわりと笑い、きれいな夕焼けを見上げて、菊千代は門を出て行った。

その胸元には、市左衛門の言葉を写した一枚の紙が入れられていた。

四

菊千代が再び顔を見せたのは、十日ほどしてからだった。

薄紫の小紋に濃いめの名古屋帯をきりっと締め、島田に髪を結いあげている。

表情は引き締まり、数日前までとは人が変わったかのようだ。

お礼にと差し出した菓子と餅だけでなく、真砂、結実はもとより家族全員、すずや長助、ウメにまで洒落た手拭いを用意していた。

そしてお世話になりついでにもうひとつ、お願いしたいことがあると切り出した。

もらい子をしたいという。

「まだ自分の子どもが産める歳なのに、急いでもらい子などしなくても……ひとり暮らしの女が子どもを育てるというのは、思うよりずっと大変なことですよ」

真砂が暗に引き留めようと釘をさしたが、菊千代は首を横にふる。

「子どもを育てたいんでござんす。あの人が元気なころ、子どもができたら、あそこにも連れて行ってやりたい、ここも見せてやりたい、子どもの望む道に進ませてやりたいなんて、夢物語のように、よく話をしていたんでござんす。あの人の最後のことばを源太郎さんに教えていただき……あたしひとりでも育てたいと」

それから、自分の過去に触れた。

「あたしも拾われ子でござんす。……養い親に拾われたのは天保の飢饉の真っ最中。木箱に入れられ、橋の下に捨てられていたそうでござんす。なんであたしを捨てたのか。食べるものがなかったからでござんしょうか。あたしを捨てた親だって、餓死しちまったかもしれない。……コロリでも地震でも人がいっぱい死んだ。今の世の中でも、男たちは争って大勢死んでいる。なのに、あたしはぴんしゃんとしてる……。育ての親も、好きな男も死んで、どうして、あたしが生き残ったのか。ずっと考えていたんでござんす」

そして思ったという。

「あたしは、親のいない子の面倒をみるために生かされたんではござんせんか」

幸い、芸者といっても借金はなく、元の旦那からもらった家もある、貯えも多少はあるという。

「それにもう二十八。年増芸者でござんす。毎晩、お座敷がかかるわけでもござんせん。うちには子ども好きな女中もおります」

「人の女房になって、自分の子ができることだってあるでしょう」

「……そんなときが来るとは思いませんが……そのときはもらい子と同じように自分の子も育てましょう」

「また妾になることは……」

真砂は聞きにくいことも口にした。

菊千代はふっと苦笑する。

「いくら男に甘やかされても、妾は妾。所詮は日陰の身でござんす。これからは子どものためにも、誰にも後ろ指をさされぬよう生きていくつもりでござんす」

子が大きくなるころには、できれば芸者をやめ、長唄か踊りを教えて暮らしていこうと心づもりしているとも言い添えた。

五

真砂が菊千代のために探してきたのは、千鶴《ちづる》という名の三歳の女の子だった。

千鶴の父・安吉は御家人の中間だったが、不逞浪人に襲われた主と共に斬られ、千鶴が母・すえの腹の中にいるときに死んだという。主は元長崎奉行に仕えた侍で、攘夷は現実的ではないという考えの論客として知られていた人物だった。

夫を亡くしたすえは、失意の中で千鶴を産んだ。だが、すえも風邪をこじらせて、この春亡くなり、長屋の差配人が千鶴のもらわれ先を探していた。

千鶴は色が白く、くりっとした目が愛らしい子どもだった。

対面の日、菊千代は紋付きであらわれた。

古いでんでん太鼓をひっぱりだしてきた章太郎と遊んでいる千鶴を見て、菊千代は目を細める。

「かわいらしいこと。目のあたりがあの人に似ている気が……そんなはずないのに」

「肌の白さは、菊千代さんに似ているといえなくもありませんね」

真砂が微笑み、低い声で続ける。

「決心は変わりませんか」

「あい。この子を育てさせてもらいます」

菊千代は千鶴の動きを目で追いながら、きっぱりと言った。

「この子には、もらい子だと初めから教えて育てます。お産婆さんが、おまえをあたしのとこに連れてきてくれたんだって。実のおとっつぁんもおっかさんもおまえのことを大事に思っていたのに、はかなくなっちまったから、実の親に代わって、あたしが育ててるんだって」

手招きすると、千鶴は菊千代の膝に座った。

「あたしは年頃になって、ほんとうのことを知らされて……置屋の両親にはかわいがってもらったのに……喜ばれずに生まれてきた、木箱に捨てられたいらない子だったんだって、やけになっちまったから。この子には早くからちゃんとしたことを教えたいんでござんす」

「これからいろいろありますよ。千鶴ちゃんだって元気な時ばかりじゃないし、聞き分けがないときもくるし」

「あい。……自分の来た道でござんすから」

「でも菊千代さんに千鶴ちゃんを大切に思う気持ちさえあれば、時がふたりをきっと、本当の親子にしてくれますよ。不思議なもんで、小さな子どもが親に力をくれることもあるんです。この子がいるからがんばれるって。千鶴ちゃんが、菊千代さんの頼りにもなってくれるでしょう」

菊千代はおぶい紐を取り出すと、ひょいと千鶴を背負った。

「ああ……ずしっと重たい」

「重たい？」

負ぶわれた千鶴が菊千代の耳元で繰り返す。

「あい。重たい重たい。千鶴はこれからままをたあんと食べて、もっともっと重たくなるよ。それがおっかさんの楽しみだからね」

「おっかさん？」

「あいよ。さぁ、おうちに帰ろう。千鶴とおっかさんのおうちに。今日はお天気だから夜になったら星巡りをしよう」

千鶴は菊千代の首に小さな手をまわした。


菊千代と入れ替わりに顔を出したのは、すずの亭主の栄吉だった。

この近くで仕事だったので、帰りにすずを迎えに来たと、よく日に焼けた顔をほころばせる。

よくみると栄吉の首の後ろとすねに皮膚がつれたようなところがある。

三年前、子どもを助けようとして、炎に包まれた家に飛び込んだときのやけどの跡だ。

皮膚がめくれるほど焼けただれてしまい、一時は命も危ぶまれたほどだった。

そのとき大地堂で治療をし、治療をした源太郎や、治療を手伝った結実とも顔なじみとなり、すずと祝言をあげてからは親戚のようなつきあいだ。

「もうちょっと待っててくれる？　これ、すましちゃうから」

洗濯物をたたみながら、すずは栄吉にいった。

栄吉はうなずくと、にやっと笑った。

「……向こうの診療所のぞいたら、すげえ美人がいるじゃないか、あれが薬種問屋の一人娘か？　患者だけじゃなくて、源さんも、鼻の下のばしてるんじゃねえのか」

すかさず、すずが栄吉の腕をぱしっとはたく。

「気にしないで、結実ちゃん。この人、江戸っ子は五月の鯉《こい》の吹き流しの口《くち》だから」

江戸っ子は五月の鯉の吹き流しの後には、口先ばかりではらわたはなしと続く。江戸っ子は、口は荒っぽいが腹の中はさっぱりしているという意味だが、すずは、栄吉がなんにも考えずに口からすぐに出してしまうという意味で使っているようだ。

夫婦になるまではすべて栄吉の言う通りで、何かと栄吉を立てていたすずの変わりように、結実は苦笑した。同時に、やはり紗江は男なら誰でもふるいつきたくなるような娘なのだと気持ちが沈んでいく。

そのとき、すずが「あ」といって、自分の腹をみた。

「どうしたっ」

栄吉がすずの顔をのぞきこむ。

「動いた。はじめて腹の子が。ぽこぽこって」

「ほんとか」

「うん……」

「どれ……」

腹に手をあてたまま、すずと栄吉は息を呑んで静止している。

「動け！」

「おとっつぁんだよ！」

「……」

しばらくして、栄吉はふうっと息を吐いて、顔を上げた。

「動かねえじゃねえか。おまえの気のせいじゃねえのか」

「気のせいなんかじゃないわよ。……あ、また動いた！」

すずは目をぱちぱちさせながら腹をさする。

「ええっ⁉」

あわてて栄吉がまた手をあてたが、やはりうんともすんともない。

結実は身を乗り出した。

「あたしも……触らしてもらっていい？」

「どうぞ！」

結実はそっとすずの腹に掌をすべらせた。

すずの体温が伝わってくる。

ふいにぽこっと掌に圧を感じた。

「動いた！」

結実とすずの目が合う。すずがうなずいた。

すずの腹の中で赤ん坊が元気に育っている。赤ん坊が腹の中で動いている。なんだか、結実は鼻の奥がつんとした。

「ちょっと替わっちくれ！」

栄吉があわてて結実を押しのけたが、しばらくしてまた栄吉の口がとがる。

「結実ちゃんには、動いてみせるのになんでだよ」

「そりゃ、自分を取り上げてくれる産婆さんだもん。挨拶しておかなくちゃ」

すずが笑うと、それもそうだと栄吉も笑った。

「……そのうちおとっつぁんにも動いてみせてあげるよね」

「頼んまっさ」

その夜から江戸に雨が降り出した。

厚い雲が町をおおい、毎日、しとしとと雨が続く。
町は紗《しゃ》に包まれているようだった。
洗濯ものが乾かず、本宅も別宅も家の中がすべて物干しで埋め尽くされた。

第四章　上がらぬ花火

一

すずは、ときおり、赤ん坊の動きに返事をするかのように腹をトントンとやさしく叩く。赤ん坊が蹴り返せば、またトントンが続く。

「おっかさんと腹の赤ん坊が遊んでいるみたいだね」

「うん……」

すずはとろけそうな顔でうなずく。

真砂によると、蹴ることができるのは、腹の赤ん坊が育ち、骨格もしっかりして、手足をしっかりと曲げ伸ばし出来るようになった証でもあるという。

「栄吉さんも遊んであげてるの？」

「それがまだ。『いい子だな』『今日も元気か』なんて毎日、柄《がら》にもない猫なで声をだして、腹に手をあてるのに、ぴくりとも動かないの。すぐ前まで動いても、あの人が手をあてたとたん、ぴたっと止まるの。もう気の毒で……」

そう言いつつ、すずは盛大に笑っている。

「おっかさんじゃないって赤ん坊はわかって、息をひそめているんです。でもあとちょっとの辛抱ですよ。赤ん坊も、栄吉さんの声や手を覚えてくれますよ」

朝風呂から帰ってきた真砂が口をだす。

「先生、腹の中でよく動く子は男だっていうの、ほんとうですか」

真砂は眉をきゅっと上げた。

「おすず、あんた、産婆なのに、そんなことといって……そんなのは迷信の類《たぐい》に決まってますよ。男か女かなんて、生まれてみなきゃわかりません。おとなしい男の子もいれば、きゃんな女の子もいるんですから」

腹が前にせりだせば男、横に広がれば女と、まことしやかにいわれたりもするが、それもその類だと、真砂はきっぱり言った。

「そうは思っているんですけど……お姑さんやお舅さんはやっぱり男の子が欲しいみたいで、しきりに気にして……」

「栄吉さんも？」

振り向いたすずの眉が見事な八の字になっている。

「やっぱり男の子がほしいみたい。おいらは女の子でもいいよ、なんて言うもの。でも、もってとこに、本音がにじんでると思わない？」

すずは首からかけていた小さな袋をはずして、黙って結実に手渡した。

「このお守り袋がどうかした？」

「……お姑さんがあちこちの神社に行って、安産祈願のお守りをもらってきてくれたの。ありがたいことはありがたいんだけど……」

「この袋……藍地に兜《かぶと》の刺繍がしてある……」

「男の子を、ってことでしょう」

うわぁっ、荷が重いっと叫んで、結実は首をすくめた。

妊婦にはどうすることもできないのに、男を産むのが嫁の務めと思われる風潮は困ったものだった。


昨日はふたつのお産があった。

昼前に瀬戸物屋の女房が産気づいた。上に、男、女、女、男と四人の子があり、五人目だった。

亭主は落ち着かない様子で部屋の前をうろうろしながら、おなかの大きなすずを呼び止めた。

「腹ぼての産婆さんって珍しいや、腹の子は何人目？」

「ひとり目で……」

「そうかい。そりゃあいい。三人目まではまだ楽しみだよなあ。名前は決めてんの？」

「いえ、まだ。……もう決めてるんですか？」

「ああ。……女ならトメ、男なら留三郎だ」

すずは目をしばたたいた。

子どもはこれで終わりにしたいという気持ちをそのまま名前にするとは、よっぽどのことだろう。

だが子だくさんの夫婦に限って、すぐにまた子どもが生まれたりする。トメの次がスエ、そのまた次がシメと続いたりもする。

年頃になったら子どもたちから、変な名前をつけてと恨まれるに違いないが、親はそんなことまで思いがいかないのか、それほど切羽詰まっているのかのどっちかだ。

だが、生まれた赤ん坊を見ると、女房も亭主も顔をほころばせた。

帰宅するすずと別れ、結実と真砂が家に戻ったとたん、雨が降り出した。

次第に雨は強くなり、ざぁざぁと滝のように雨脚が屋根をたたく。

こういう晩は寝るに限ると、早めに床に入った結実だったが、夜五ツ半（午後九時）に、女房が産気づいたと、北新堀町《きたしんぼりちょう》の裏長屋に住む浪人・和泉辰之助《いずみたつのすけ》が入り口の戸を叩いた。

和泉を真砂に紹介したのは、父・正徹の兄、結実にとっては伯父にあたる山村穣之《じょうの》進《しん》だった。

穣之進の本職は馬喰町《ばくろちょう》の公事宿《くじやど》だが、数年前からそちらは長男と番頭にまかせ、北《ほく》辰一刀流《しんいっとうりゅう》の桶町《おけまち》千葉道場に入り浸っている。

和泉も北辰一刀流の免許皆伝で、共に道場の手伝いをしているとのことだった。

梅雨は産婆泣かせでもある。

唐傘《からかさ》をさして出かけたものの、雨は横殴りに降っていて、北新堀町に着くころには真砂も結実もずぶぬれだった。

明け方近くになって雨はようやく上がり、男の子が生まれた。

「世が世なら、跡継ぎの誕生を盛大に祝えたものを……この子のためにも、なんとしても仕官の道を……」

和泉は赤ん坊の顔を見つめ、毛羽だった畳に両手をつき、むせび泣いた。

聞かれもしないのに、天狗党の乱を引き起こした責任を問われ、改易された常陸宍《ひたちしし》戸《ど》藩《はん》で勘定方《かんじょうがた》を務めていたのだと、浪人になった次第や前職のことを、和泉は真砂と結実にひとしきり語った。藩が取りつぶしとなり、やむを得ず浪人となり、江戸に出てきたが、暮らしは厳しいともいう。

侍といえど、明日自分に何が起きるかわからない世の中だった。

赤ん坊の寝顔を見つめ、「健やかなことがいちばんだな」と和泉はやっと微笑んだ。

二

「昨日は午前様だったんだって?」

翌朝、眠そうな目を無理矢理こじあけてご飯を食べている結実に源太郎が話しかけた。

「午前様どころか、雨上がりの朝焼けを拝めました」

「無事に生まれましたか」

正徹が真砂に尋ねる。

「おかげさまで夕方に女の子、夜中に男の子が」

「よく起きられたな」

源太郎が結実を見て、目を細める。

「お腹が空いてて……」

「そりゃ、結実らしいや」

「朝っぱらから丼飯をおかわりする人に言われたくない」

結実は久しぶりに源太郎と軽口を交わせた気がした。

こんな風に話したいとずっと思っていた。

くたびれ過ぎて頭が回らないのが幸いしたのか、緊張もしなかった。

すると、章太郎が妙なことを言い出した。

「このところ、男の人がちょいちょい、うちの家をのぞき込んでるの、知っていますか？」

「コソ泥か？　なら、心配はないだろ。うちはいつだって誰かいる。おっかさまは出かけるときは忘れずに鍵をかけているし」

正徹がみそ汁をすすりながらいうと、真砂が声を重ねた。

「だいたい私んちには、盗られるものなどありませんしね。万が一コソ泥が入ったとしても、骨折り損のくたびれもうけを地でいくことになりますよ」

「泥棒じゃないんじゃないかなぁ。身なりの立派な人なんですよ。昨日も、羽織と揃

い の結城紬《ゆうきつむぎ》に博多献上《はかたけんじょう》をびしっと締めて、お供まで連れて……」

結実もその男を見かけたことがあった。三十半ばの体格のいい男だ。

「結実……まさか、付け文とかされていませんよね」

絹がちろりと鋭い目で、結実を見た。

「付け文？　その人が私にって……？」

「ないことじゃないでしょう」

「ありません。第一、付け文とは縁がありません……。おすずちゃんじゃあるまいし」

結実はほほを膨らませて、ご飯を口に放り込んだ。

すずは栄吉と一緒になる前、町の男たちから付け文をずいぶんもらっていた。

「……付け文がないなど、年頃の娘が胸を張って言うことじゃあるまい」

正徹がぼそっと言うと、章太郎がぷっと噴き出した。

結実は口をとがらせた。

源太郎は話には乗ってこず黙々とご飯を食べている。

「だったら、なんのためにうちを頻繁にのぞいているんでしょう。うすっ気味悪い。今度見かけたら、首根っこをつかんで、どこの誰か、何をしているか、聞いてみますわ。わたくし」

威勢よく言った絹を、正徹が困った顔で見て、制するように言う。

「そういうことは、長助か源太郎に頼め」

「……絹は昔っから、はねっ返りで……もう三十路《みそじ》も過ぎているというのに」

真砂がぶつぶつつぶやくと、章太郎の顔がぱっと明るくなった。

いつも口うるさく勉強しろといってくる絹が、祖母の真砂にたしなめられたので、溜飲《りゅういん》が下がる思いがしたのだろう。

「とにかく、目を光らせておきます」

ぶすっとした顔でいい、絹は八つ当たりのように章太郎をにらんだ。

食事がすむと、真砂は疲れたので少し横になるといって、部屋に入った。

結実は往診に行くすずを見送り、洗濯に明け暮れた。お産が重なると洗濯は半刻《はんとき》（一時間）では終わらない。


ようやく洗濯物を干し終え、結実が縁側に座りながら少しうとうとしていたとき、来客があった。

入り口に、良枝が、赤ん坊を抱いた女中を引き連れて立っているのをみて、何か体に障《さわ》りがあったかと心配になった。このごろは気持ちも落ち着いたのか、結実を呼びつけることも少なくなってほっとしていたところだったのだ。

「どうしたの？　何かあった？」

「ううん。ちょっと。あがらせてもらってもいいかしら」

良枝は座敷にあがるとおもむろに切り出した。

「いいお話があるの」

良枝は結実の縁談を持ってきたのだった。

相手は材木屋組合の旦那衆のひとりで、三十五歳だという。

「子どもは三人。八つと六つの女の子と、四つの男の子。うちの旦那様の商売仲間で、お金は蔵に唸《うな》っているの。この人となら、結実ちゃん、一生、左うちわで暮らせるわよ」

良枝は畳みかけるように、高飛車にいう。

「前の方はお姑さんと折り合いが悪くて離縁されたんですって……」

「三十五？　三人の子持ちって……あたしに？」

「十七、八くらいならともかく、私たちもう二十二よ。この歳で、初婚の若い殿方と添うのはできない相談だってわかるでしょう。男は若い娘がいいに決まっているんですから」

娘の適齢期は十八までといわれる。

それを過ぎると、縁談は潮が引くように少なくなる。持ち込まれる相手方の条件も悪くなる。みんな、それが当たり前だというけれど、男の十八と女の十八、男の二十二と女の二十二の扱われ方がまるで違うのが、結実はいやだなぁと思っていた。

女は若さこそが売り物だと言わんばかりの良枝に、かちんときたのはそのためだった。もちろん、源太郎のことも心に引っかかっている。

「良枝ちゃん、私……お断りさせてもらっていいかしら」

語気が強すぎたかもしれないと自分でも思った。

良枝はいかにも驚いたというように眉を上げ、脅すように言う。

「断ったら、きっと後悔するわ。こんないいお話はもうないと思うわ」

「せっかくだけど、なかったことにして」

「どうして……結実ちゃんの気持ちがわからない。絶対に喜んでもらえると思ったのに……」

頭を下げた結実を、良枝はきつい目でにらみつける。

「……もしかして子守がいやなの？ その心配はいらないわ。女中がなんだってやるんだから、洗濯だって、ご飯の支度だって。水に手をくぐらせることなんてしなくていいの。手は金輪際、荒れないわ。御新造様は奥の切り盛りだけをやればいいんだから」

「……でも私、産婆をやめる気はないんだもの」

「えっ？　産婆をやめない？　本気で言っているの？　じゃ、ずっと独り者を通す気？　驚いた」

「独り者を通すつもりではないけど……おすずちゃんだって所帯を持ったし……」

「わざわざ産婆と一緒になろうなんて人、そうそういないわよ。このままじゃ結実ちゃん、一生、苦労のし通しよ」

「……」

「見損なったわ、少しはものの道理がわかる人だと思っていた」

決めつけるように言う良枝に、結実はだんだんうんざりしてきた。

良枝は自分が正しいと思っていて、同じようには思わない人がいるということをわかろうとしない。

良枝がいうように、身代を持つ人と一緒になれば安泰かもしれない。

だが、そのために見知らぬ男と添い、これまで積み上げてきた産婆という生業を捨てる気にはなれない。

「……だいたい女を歳だけで値踏みするってのがいやなの」

思いがけず強い言葉が、結実の口から飛び出した。

良枝がきっと目をむく。

「そんな屁理屈、女が口にするもんじゃないわ」

それから良枝は大きなため息をつき、うつむいた。

「……私、旦那様になんていえばいいの？　絶対に結実ちゃんがこの話を受けると思ったから。旦那様、先様に話を通してしまったのに……」

結実ははっとした。

今朝、不審な男のことが話題に上がったが、もしかしたら見合い相手の男ではないだろうか。

三十代半ば、高価な着物、お供連れ……すべてが合致する気がした。

その男は、縁談が持ち上がった結実を見にきたのではないか。

「会うだけ会ってみればいいじゃない。好きになるかもしれないわ」

「いえ、もうこの話はこれまでにして。ごめんなさい」

良枝には悪いが、結実はそういうしかなかった。

同時に、良枝が亭主を媚びたような目で見るわけが、分かったような気がした。

この人を逃すわけにはいかない。この人に振り払われたら終わりだ。

そう思っているから、そういう関係だから、亭主の機嫌を損ねるわけにはいかないのだ。

お産の日に、亭主が芸者を何人も連れ帰っても、良枝は文句ひとつ言わなかった。お産の最中に亭主が遊び歩いていたら、長屋のおかみさんだってかんしゃく玉を破裂させるのに。

お産の時は家にいてほしい。そんな当たり前のことを、良枝は亭主にいえなかった。同じ家に住んでいるのに仕事が忙しいと理由をつけて、赤ん坊と良枝の顔を亭主が見に来ない日があっても、良枝は黙っている。見に来てといえない。

良枝は亭主の心が自分から離れるのを恐れ、ものをいわぬ人形のようにふるまっている。それで寂しくないのか。自分を押し殺して生きるのが苦しくないのか。

勝手に縁談を進められた憤りはあるものの、良枝のことが逆に心配になった。

三

「お邪魔様」と邪見にいい、そそくさと帰っていく良枝を門まで見送り戻ってくると、すずがお勝手で、結実たちが使った湯呑みを洗っていた。

「あら、ごめん。よけいな洗い物させて……」

結実はすずの横に立ち、布巾で洗いあがった湯呑みをふく。

「おすずちゃんが往診から帰ってたなんて、全然気が付かなかった」

「こみいった話みたいで……とても入っていけないじゃない。そ〜っと息をひそめ、気配を消してたの」

「聞こえた？」

「ちょっとだけ。……縁談とはびっくりだ……」

「あたしだってびっくりよ……なんとか断ったけど」

「……結実ちゃん。……源太郎さんとは、どうなってるの？」

いきなりすずが結実に向き直った。

「どうなってるっていわれても……」

結実が口ごもると、すずは驚いたように目を見開いた。

「あたしの祝言の日にいい感じになったっていってたじゃない。それから三月もたってるのよ。それっきり何もいってくれないから、気になって気になって。でも聞いちゃいけないと思って黙ってたの。でも今日は聞かせてもらいます」

すずにだけは、祝言の日、源太郎に肩を抱かれたと結実は打ち明けていた。

武士の情けで今まで口を閉じていたとばかり、すずはずけっという。

「夜、ふたりで家を抜け出したりしないの？」

「そんなこと……」

すずは眉を寄せて、顔を大きく横に振った。

「いい歳をして信じられない。源太郎さんたら、なにをもたもたしてるんだろ」

「そうじゃなくて……あたしが……」

「結実ちゃんは奥手だからしょうがないの。こういうことは男がちゃんと道筋をつくらなきゃなんないのに」

「だから、あたしが……」

「いったい、源太郎さん、何を考えてんだか。まさか、源太郎さん、あの紗江って娘《こ》に……」

すずの口から飛び出すひとことひとことが、結実の胸にぐさぐさと突き刺さる。

「いや、そんなことはないだろうけど。……源太郎さんとのこと、このままでいいの、結実ちゃん」

そのとき入り口から声がした。

「私が何か？」

声のしたほうへふりむくと、当の紗江が入り口に立っていた。

どこからかわからないが、紗江もすずと結実のやりとりを聞いていたようだった。

誰より、紗江に聞かれたくなかったと、結実は唇を嚙んだ。

紗江はきっと結実を見ると、友禅《ゆうぜん》の前掛けを外しながら言った。

「結実さん、お忙しい？　ちょっといいかしら。ふたりだけでお話ししたいことがあって」

紗江の目の鋭さにひるみそうになる気持ちをふるいたたせて、結実は紗江を井戸端に連れだした。

「……突然、なんでしょうか」

梅雨の合間の薄水色の空が頭上に広がっている。

物干しに洗濯物が盛大に翻《ひるがえ》っている。風が出ていた。

「単刀直入にお聞きしますわね。結実さんは源太郎さんのことをどう思っていらっしゃるの？　おふたりはどういう間柄なんですの？」

紗江の肌は白く艶《つや》やかで、いかにも勝ち気そうな目をしている。

歳は十七。良枝にいわせれば、どんな殿方も好ましいと思う年齢だ。

「どうして私がお紗江さんにそんなことを答えなくてはならないの？」

結実は皮肉をきかせたつもりだった。

だが、紗江はちらとも動じない。

「いいたくないなら、それで結構ですわ。源太郎さんと結実さんがいい仲だっていう患者さんもいたものですから、ちょっと気になっただけで。……でも、私が見る限り、思いを寄せ合っているって感じでもなさそうだし……」

紗江はさぐるように、結実を見る。

「私の源太郎さんへの気持ち、結実さん、うすうすお気づきになっていたでしょう？」

雨に洗われた庭の緑が陽の光に輝き、小鳥の羽音が聞こえた。

「私、源太郎さんのことが好き。一緒になりたいんです」

自分の気持ちをはっきり口にした紗江を、結実はびっくりして見つめた。

だが、まばたきするのが精いっぱいで、言葉が出てこない。

「私がその気だって、源太郎さんだってわかっているはずなのに……あずかり知らぬような顔をして……。そういうところも嫌いじゃないけれど、あんまりですよね。女を待たせるなんて」

ふふふと笑って、肩をすくめる。

紗江は、良枝とは正反対のような娘だった。

緑屋という大きな傘のもとに生まれ、何不自由なくのびのびと自分がしたいことをして、ほしいものは手に入れられて当たり前だと育ってきたのだろう。

紗江にはそんな揺るぎない自信のようなものが備わっている。

「でも、これ以上待つのはいや。待ちません。私からまいります。……あらいやだ私ったら。結実さんにこんなこと、お聞かせするつもりじゃなかったのに」

うなじに手をやり、艶《あで》に笑う。

これこそ、紗江が結実に聞かせたかったことだといわんばかりだ。

「でも……よかった。結実さんに話せて」

案の定、紗江は結実の気持ちを見通しているようにわざとらしくいい、本宅に戻ろうとした。

美人で若くて、誰もが知る大店の娘。ほかの人の思惑など一切忖度《そんたく》せず、好いた人に一途に向かっていく紗江。結実は度肝を抜かれていた。

けれど、源太郎が紗江のものになるかもしれないと思ったとたん、悔しさが喉元までつきあげた。身震いするほど、いやだと思った。

「待って！　あたし……」

結実が思わず紗江を呼び止めた声に、すずが結実を呼ぶ声が重なった。

「結実ちゃん！　おナオさんが産気づいたって」

紗江が振り向いた。勝ち誇ったような顔をしている。

「毎日たくさんの赤ん坊を取り上げて、本当にえらいわ。そうやって、母と子のために結実さんはこれからも月日を重ねていかれるんですのね」

紗江の目を、結実は見返し、口元だけで笑った。

「あたしも源ちゃんと……」

紗江が目をしばたたき、機先を制するように結実の言葉を遮《さえぎ》る。

「そうそう結実さん、ご縁談ですってね」

虚をつかれたような顔になったに違いない。

「縁談なんて、ありませんよ」

「まだ他言できないってだけじゃありません？　私も源太郎さんも知ってましてよ」

「うそばっかり……」

「あら、なんで私がうそなんか。……先日、家を覗いていた若旦那さん……歳はちょっといってましたけど……とにかくその方に、源太郎さんが先日、声をかけたのを私、聞いてしまって……源太郎さん、たいそう驚いておられましたわ。その方、自分は結実ちゃんの見合い相手で、木場《きば》の山崎屋の主だと名乗られたんですもの。山崎屋さんといえば、たいした身代をお持ちだって評判ですわよね。……おめでとうございます」

紗江は余裕たっぷりに言い、慇懃《いんぎん》に腰をかがめた。

結実はめまいがしそうだった。

良枝から今さっきその話を聞いたばかりだ。聞いてすぐに断りを入れた。

今日の朝餉のときに、男が家を覗いているという話が出たが、源太郎はすでに男の口から縁談の相手だと聞いていたということになる。あのとき源太郎は話に入ろうとせず、うつむいたまま飯を口に運び続けていた。

久しぶりに源太郎と普通に話せたと結実はのんきに喜んでいたのに、源太郎は結実が他の男と祝言をあげるかもしれないと思いながら接していたのだ。

胸が苦しかった。

同時に、自分は源太郎以外の誰とも、夫婦になるつもりはないのだと、はっきりわかった気がした。

「その話、さっき聞いたばかりで、すぐにお断りさせていただきました」

「あら、まあ。もったいないこと」

「そんなこと、あなたに関係ないでしょう」

結実はきっと紗江をにらみつける。紗江は肩をすくめ、鼻で笑った。

「でもただのお産婆さんが、材木問屋さんの御新造さまになれるなんて、いいお話じゃありませんか？」

「あれこれいうのはよしてくれませんか……。私、産婆はやめません。それに私も、源ちゃんのこと、いい人だって思っていますから」

気がつくと、結実は言っていた。

後先考えずに口走っていた。でも、もうかまわない。

紗江がなりふり構わず、思いをぶつけてくれたせいで、結実は自分の気持ちに気がついたのだ。

自分の思いに蓋をしたまま、紗江が源太郎に近づいていくのをただ見ているなんて、もうやめだ。

「まさか源太郎さんと一緒になりたいっていうんですか。まぁ、驚いた。結実さん、お産婆さんをやめないんでしょ。お産婆さんに医者の女房が務まるわけないじゃありませんか。診療所の手伝いをして、この目で医者の仕事がどんなものかを見てきましたけど、誰かが下支えをしなければ立ち行かないことがよくわかりました。げんに結実さんのおっかさまだって、先生と源太郎さんが医者の仕事だけに打ち込めるように常に気を配って、家の中のことはすべて引き受けておられるじゃありませんか。医者の女房が産婆なんて……務まりませんよ。それは結実さんがいちばんご存じよね、医者の娘なんですから」

紗江は挑むようにいう。目の縁が朱色に染まっていた。

「私と一緒になれば、源太郎さんはすぐにでも医者として独り立ちだってできるんですのよ。私には緑屋の身代がありますもの。考えてもみて下さいませ。結実さんと一緒になっても、へたをすればこのままぱっとしない雇われ医者で終わりでしょう……こんなことまで申し上げるつもりじゃありませんでしたけど……源太郎さんのためになるのは私と結実さんのどっちだと思われます？」

目をすがめて紗江は結実を見据える。

紗江と結実、傍目《はため》からみたらまったく勝負にならない。

そんなことは結実だってわかっている。

次に紗江の口から出た言葉は意外なものだった。

「結実さん、私が源太郎さんのこと、好きだって言ったから、急に惜しくなったんじゃありません？　ほんとは振ったくせに」

「お紗江さん！　いい加減なことをいうのはよして」

「じゃ、振られたんですか？　一月までは仲がよかったけど、それっきりまともに話もしていないって、みんな、知っておりますわ。縁談を断ったなんて言ってるけど、それだってどうだかわかりゃしませんわ」

「結実！　何をしているんだい」

「結実ちゃん！　もう出かけないと」

真砂が門に向かっていた。すずが荷物を持ち、そのあとに続いている。

「あら本当にごめんなさい。大事なお仕事の邪魔をしてしまって」

紗江はゆっくりと会釈をして、低くつぶやく。

「もう結実さんの出る幕はございません。源太郎さんは私がちょうだいします」

結実が言い返す前に、紗江は踵を返し、本宅に戻っていった。

四

ナオは、呉服町の質屋「楓屋《かえでや》」の女房で、二年前に女の子、チカを産んだ。

そのときはお産がなかなか進まず、おしるしがあってから生まれるまで一日半もかかった。

「おすず、時刻になったら帰りなさい。気にしなくていいから」

てきぱきと準備にとりかかっていたすずに、真砂は言う。

「結実、何、ぼやっとしているの？　手を動かしなさい」

ナオのお産に向き合おうと思うのに、とげのような紗江の言葉がちくちく胸をさしてくる。言葉が胸の中で転がるたびに、新たな傷ができ、血がにじむかのようだ。

紗江と話して、源太郎のことを自分はあきらめきれないのだと知らされた。押し込めていた気持ちにかぶせていた蓋が紗江のせい、いや、おかげで吹っ飛んだ。

結実が源太郎とはじめて会ったのは九歳のときだ。

大地堂を開所した祝いに、正徹の学問仲間の玄哲が十二歳の源太郎を伴ってやってきた。

その日、結実と源太郎はかるた取りをした。これまで誰にも負けたことのなかった結実がはじめて負けて泣きべそをかくと、源太郎はそれからわざと負けてくれた。後になってわかったことだったけれど。

次の正月には正徹が綾と結実を連れて、玄哲の家を訪ねた。

結実が凧揚げをしてみたいというと、源太郎は結実を大川端に連れて行き、空にぐんぐん凧をのぼらせてくれた。

そして源太郎は十七歳のとき、大地堂に来た。

こんな町医者の元で学ぶより、西洋医学所に通えば世の中に認められ、当代一の医者になれると正徹が熱心に勧めても、源太郎は現場で学んでいきたいと首を横に振った。町の人に頼りにされる正徹のような医者になりたい、と。

結実が帳面に、ひとりひとりの妊婦のこまごましたことを書き記しているのは、源太郎がやっているのをまねてはじめたことだ。

帳面に綴ることで、源太郎は医者として病や怪我を治すだけではなく、人と向き合おうとしてきたのだと、結実は気づかされた。

源太郎はきっと人々に頼りにされる町医者になる。源太郎の邪魔になるようなことはしたくない。

けれど、産婆も続けたい。絶対にやめたくない。

これまで出会った妊婦の顔が目に浮かんだ。

タケ、ふく、みつ、キミ、ちよ、イネ……。

順調にお産がすすみ、ころんと生まれて、母親が目を輝かせて赤ん坊を抱く姿は息をのむほど美しい。家族みなが生まれた赤ん坊をのぞきこむ喜びの表情を見ると、結実も小躍りしたくなる。

だが、赤ん坊をもろ手をあげて迎える状況にないときもある。それでも、母親は渾身の力を振り絞り、子どもを産む。

どのお産も命懸けだ。死産もあれば、マスと七平のように母親と赤ん坊が亡くなることもある。赤ん坊と母親の命を同時に預かる責任の重さに押しつぶされ、ひるみそうになることもある。

でもやっぱり、結実は産婆という仕事が好きなのだ。新しい命の誕生に立ち会い、これからもずっと子を産み育てる女たちに寄り添い、その手助けをしていきたい。

産婆を続けながら源太郎を支えられたらどんなにいいだろうと思うのに……。

結実は不意に浮かんだ涙を指でぬぐうと、油紙を丁寧に敷き詰めた。

沸いたお湯を桶に汲み、すずと運ぶ。

「結実ちゃん、大丈夫?」

「うん」

「あたしが役立たずだけど、そうは言えないから、真砂先生から結実ちゃんばっかり叱られて……あたしのせいなの」

すずは眉尻をさげ、泣きそうな顔をしていた。結実は首をふる。

「おすずちゃんのせいなわけないでしょ。あたしがぼんやりしてるから」

「……あたし、お腹が大きくてもたもたしてるから……結実ちゃんに悪くって……堪忍ね」

真砂が桶を受け取り、低い声でふたりを叱責する。

「何をぐずぐず言ってるんです？　おすず、時刻まではしっかり働きなさい。余計なことは考えないで。……おナオさん、前のお産が長くかかったから、今回もそうだとは決まってませんよ。さっさと力綱《ちからづな》をつないで」

布団を重ねたり、ナオの腰をさすったりしながら、結実はすずが言ったことも考えずにはいられなかった。

腹に子がいれば、夜のお産は引き受けられない。

子どもが生まれたら生まれたで、預かってくれる人がいなければ働けない。

だが、すずは今、できることを丁寧にやり続けている。

往診は自分の役目として、すずが一手に引き受けているし、結実が産婦ひとりひとりの帳面をつけているのを知って、往診で聞いたことや気になったことを逐一、教えてもくれる。ときには紙に書いて渡してくれもする。

洗濯も、率先してすずが引き受けている。

すずも、安政の大地震がきっかけで産婆になろうと思った口だ。

地震で姉の家族全員を亡くし、住んでいた長屋もつぶれ、父親の研ぎ仕事もなくなり、お救い小屋が配るわずかな粥で命をつないだという。

そのとき、どんなときでも必要とされる仕事をして生きていこうとすずは決めた。

以前、「産婆をやめなければ所帯を持たないという男なんて、こっちから願い下げよ」とすずが言ったのを、結実は聞いたことがあった。どんなことがあっても、産婆はやめない、と。

すずの舅は町火消しの頭なので、姑も手下の面倒をみなければならず、子守りは頼みにくい。自分の親は腰が悪く、こちらも望み薄だと悩んでいる。

産婆を続けたいと、腹の子と明るくがんばってきたすずが、結実たちに負担をかけているとそこまで悩んでいるとは気が付かなかった。

腹に子がいるのだから、当たり前だと思っていた。


二刻（四時間）後、ナオはころっと男の子を産んだ。

「おめでとうございます。かわいい男の子ですよ」

ナオの顔に、汗でしめった髪が貼りついている。

産湯《うぶゆ》をつかった赤ん坊を胸もとにそっとおくと、ナオの目が優しく光った。

「よく生まれてきてくれたねえ。ああ、かわいい」

さっきまで陣痛に顔をゆがめていたのがうそのように晴れ晴れとした顔をしている。赤ん坊が生まれたとたん、多くの産婦が陣痛の痛みを忘れてしまうのは、お産の不思議のひとつだ。

「今回も長くかかるかもしれないと覚悟してたのに。いい子だね、さっさと出てきてくれた」

「おチカちゃんのおかげですよ。おチカちゃんが道をつけてくれたから」

真砂が赤ん坊の顔を覗き込んでいるチカの頭をなでた。結実がチカの小さな肩に手をのせる。

「おチカちゃんは今日からお姉ちゃんだね。弟ができて、よかったね」

「チカはお姉ちゃん！　ちっちゃいね、赤ん坊」

薄い毛をおかっぱに切りそろえたチカがたどたどしくいい、嬉しそうに笑った。

ナオのお産が早く済んだため、久しぶりに結実とすずは並んで帰途についた。

「おすずちゃん。さっきあれこれ言っていたけど、もう気にしないでほしいんだ」

結実が切り出した。

「腹に子がいるんだから、夜のお産を休むのは当たり前。うちには産婆があと二人いるんだから、なんとかなるって。あたしたちが見習いになる前は、先生がひとりでやってたんだし」

「でも……」

「幸い、私は若いし、独り身だし」

「結実ちゃんにも迷惑かけっぱなしで……」

「迷惑だなんて思ってないから。こっちは腹に子がいてもおすずちゃんがちゃんと働いてくれるから、逆にすごくありがたいと思ってる。……それからおすずちゃん、早く帰るとき、必ず、すみませんっていうでしょ。あれ、もういわないでほしいの。すまなくないから」

「そうはいかないわよ。あたしがいない分、大変になるんだもの」

「お互い様じゃない？　おすずちゃんは私の行く道だし……いつか誰かと所帯を持てばの話だけど」

すずはちょっと考え込み、いたずらっぽい目になった。

「源太郎さんでしょ」

「どうだろ……」

結実は曖昧《あいまい》に口を濁してはぐらかそうとしたが、すずはおさまらなかった。

「ごまかさないで！」

「……だって、私は産婆で、源ちゃんは医者……産婆を続けながら、源ちゃんと一緒になるなんてそんなこと……」

「先に結実ちゃんがあきらめてどうするの」

「でも……おっかさまのようにはとっても……」

「迷ったときには自分に正直になることよ。……思う人と相ぼれになり、一緒に生きられたら、これ以上のことはないんだから」

すずは念を押すように言った。


門の前で、診療所から家に戻る紗江とばったり会ったのは、間が悪いとしかいいようがない。迎えに来た女中が荷物を持ち、紗江の後ろに控えていた。

「お紗江さん、お帰りですか」

真砂が声をかけると、紗江はにこやかに微笑む。

「ええ。また明後日まいります。赤ん坊、生まれたんですか」

「男の子が。幸い、安産でした」

「それはおめでとうございました」

どんなときでもそつなくあいさつを交わせるところは、さすが大店の娘だ。きれいに結い上げられた髪、娘盛りならではの明るい小紋に立派な名古屋帯を文庫に結んだ紗江は、町の人が振り返りたくなるほど愛らしい。

紗江は結実とは目を合わせることなく、去っていった。

五

その夜、食事の後、別宅に帰ろうとした結実に源太郎が声をかけた。

「ちょっといいか」

自分から誘ったのに、井戸端までいくと、源太郎は切り出しにくそうに頭をがりがりとかいた。

「よかった。私も源ちゃんと話をしたかったの……」

「そうなのか」

源太郎の顔に緊張が走る。

「見合い話なん……」

「縁談のことだが……」

結実と源太郎が同時に口走っていた。

良枝が頼まれてもいないのに勝手に見合い話を進め、今日、初めて聞いて、その場で断ったと結実はいった。

源太郎がほっとした顔になった。

「この間、男が家を覗いていて、思わず声をかけたら、木場の山崎屋の主で、結実の見合い相手だと名乗ったから、ぶったまげて……だが、今朝、その男の話が出たとき、結実もおかみさんもまったく知らない風で、おかしいと思ったんだ」

「私に聞けばよかったのに」

「聞けるか、んなこと。……けど、そいつ、話が通ってもいねえのに……」

「良枝ちゃんの旦那が話をしちゃったみたいで。……良枝ちゃんには悪かったけど……」

源太郎が自分の縁談を気にしていたことがわかり、結実は内心嬉しくて飛び上がりそうだった。

「悪くないだろ、結実は全然」

子どものように、源太郎は口をとがらせる。

その表情がおかしくて、やっぱり嬉しい。

「もうひとつ、話があるんだ」

「なに？」

「大川の川開きに行かないか」

源太郎が照れくさそうにあごをしゃくる。きゅんと結実の胸が跳ね上がった。

大川の川開きは毎年五月二十八日。

この日は、両国で盛大に花火があがる。

漆黒の夜空を彩る花火を見に、江戸中から人が押し寄せ、界隈は「玉屋ぁ、鍵屋ぁ」の大歓声に包まれる。

「上がる龍勢　星下り　玉屋がとりもつ　縁かいな」——花火があがり、星が見え、花火師の玉屋さんがこの仲を取り持ってくれたなぁ——という歌にあるように、川開きの晩は若い男と女の絶好の逢瀬の場でもある。

この日から八月二十八日まで、両国広小路や大川端には、夜店や屋台を出すことも許され、川には納涼船が浮かぶ。

「……行きたい」

結実が胸の前で手をあわせる。

ふたりが夫婦になれるかはわからない。ならないほうがいいかもしれない。

でも、一緒にいたい。

遠慮はもういやだと、結実は思った。

源太郎は白い歯を見せた。

「よかった。断られたらどうしようと思ってたんだ」

二十八日の川開きまではあと半月。

紗江と話さなかったら、源太郎への思いの強さに気づかないふりをしたまま、断っていたかもしれない。そう思うと、紗江に手を合わせたいくらいだった。


将軍徳川家茂が江戸を発《た》ったのはこの五月十六日だった。

「これで三度目だ。家光公が上洛して以来二百数十年ぶりに、立て続けに公方様が江戸と京を行ったり来たり。穏やかならざる事態だと、みな、いうておる」

正徹の兄・穣之進がその翌日、千葉道場の帰りに顔を出し、渋い表情で言った。

穣之進がくると、夕餉の席がぐんと華やぐ。

とんでもない呑兵衛で、大声でしゃべる、笑う。

そのうえ世の中の裏事情にも通じていて、表情豊かに語ってくれるので、みな、身を乗り出さずにいられない。

家茂公の最初の上洛は、二年前、文久三年のことだった。

将軍に対し朝廷が上洛の要請をし、つまりは呼びつけ、外国勢力を武力で日本から追い払う「攘夷」を実行しろと迫った。

このとき、家茂は三千人の供を率いて、東海道を進んだ。

だが、その行列が加賀前田家や水戸、仙台など大藩の参勤交代行列より貧弱だというわさが流れて、江戸っ子たちは心底、がっかりしたものだった。

三か月後、家茂は大坂から蒸気船を使い江戸に帰ってきたが、翌年、家茂はまたもや軍艦・翔鶴《しょうかく》丸で上洛した。

このときは前年の八月十八日の政変で尊皇攘夷派が失脚したため、朝廷の情勢ががらりと変わっていたらしい。家茂は大歓迎をうけ、従一位右大臣に昇進した。

「このたびの上洛は、長州征伐のためだ」

「征伐？　戦になりそうなのか？」

「うむ。そうなるだろうな」

穣之進が師範を務めている千葉道場は、新撰組の山南敬助や藤堂平助から、勝海舟とも懇意な坂本龍馬までが修行したところであり、今もさまざまな立場の男たちが集い、道場にいながらにして世の動きがわかるようなのだ。

「公方様、それはそれは凛々しいお姿だったそうですよ。公方様の前後を家康公以来の金扇馬印《きんせんうまじるし》がかため、徒士《かち》部隊のざっざという足音がずっと聞こえていたとか。御歳二十歳であられるのに、やはり、たいしたものでございますねぇ」

絹は江戸っ子を絵にかいたようなところがあり、公方様には、ひいきの引き倒しになる。

ただ、行列の進路にあたる家々には、当日は雨戸をたてて二階の窓には目張りをして、家から煙も出してはならぬという触れがでており、土下座でお迎えできるのは大家だけと厳しく定められていた。凛々しいお姿など、どう考えても誰も見ることができないはずなのであるが。

「戦ですか」

源太郎が嘆息する。

「ああ。長州藩は尊皇攘夷を旗印にかかげ、一藩でメリケン、エゲレス、フランス、オランダを相手に勝手に戦争をおっぱじめ、やるだけやって負けて、そいつらへの賠償金は公儀におしつけ、あげくのはてに朝廷からもつまはじきになっちまった。その上、禁門の変で敗れて朝敵となり、家老が切腹して何とかことを済ませたが、まだ公儀打倒だと動き回っておる……」

穣之進は絹がお酌をするのを待ち、盃をくいっとあける。

「前回の長州征伐を家老の切腹だけでおさめたのは、公儀も弱腰すぎるといわれていましたな」

空になった穣之進の盃にとっくりを傾けながら正徹がいった。

「その結果がこれだ」

「絶対にあきらめない敵とは戦いにくいでしょうな」

源太郎が口をだすと、正徹と穣之進は渋い顔でうなずく。

「……公儀が負けるはずはないが……」

「……何かの変わり目かもしれんな」

「うむ。黒船が来て以来、気の休まるときがない」

「そんな……いやですわ。ご公儀あっての世の中ですのに、それでまたものが値上がりしたらどうしましょ」

絹は下世話なことをつぶやき、顔をしかめた。

世の中の変わり目……天狗党の乱のあおりをくって、浪人することになった和泉辰之助も、尊皇攘夷の浪士から主を守ろうとして命を落とした千鶴の実の父の死も、この動きと無縁ではないと結実は思った。

「死人、怪我人が少なくてすめばいいですね」

ぽつりと源太郎がいった。


五月二十八日がついにやってきた。

結実は朝からそわそわしていた。

花火柄の藍染の新しい浴衣と辛子色の帯も用意し、準備は万端整えてある。

今日だけはお産がありませんように。

ずっと願い続け、やっと夕方になり、湯屋に行き、いよいよ袖を通そうと浴衣を手にしたときに、入り口で声がした。

「奥様が産気づかれました。おいで願います」

亀島《かめじま》町の与力《よりき》の家からの使いだった。

結実はがくっと肩を落とした。体から力が抜けていく。

普段の着物に前掛け姿のまま、結実は本宅に走った。

早めに診療を終えていた源太郎は、すでに千鳥柄の浴衣を着て、うちわを帯にはさんでいた。いつもはぼさぼさの髪もなでつけられている。

振り向いた源太郎はどきっとするほど、粋だった。

「どうした、結実」

「源ちゃん。今、産気づいた人がいて、川開き、行けなくなっちゃった……」

楽しみにしていたのに、こんなことになってと、消え入りそうな声で続ける。

源太郎は結実を励ますようにことさら明るい声でいう。

「八月までずっと川は開いてる。いいってことよ」

「ごめんなさい」

「謝んなくていいから。早くいってやれ」

結実はうなずき、別宅に戻ろうとした。

その背中に、紗江の声が飛んできた。

「源太郎さん、章太郎さん、もしよろしかったら、花火をご一緒しませんか。今日、うちで涼み舟を頼んでおりますの」

「うわっ、ほんとですか」

章太郎が歓声をあげた。

結実の足が思わず止まった。

「舟から見る花火は格別でしてよ。空いっぱいに花火が広がる様が見えますから。おいしいお弁当もお菓子もありますよ」

「お紗江さん！　ぜひよろしくお願いします。……おっかさま、行っていいですよね」

章太郎が絹にねだっている。

「章太郎ひとりでは……」

「行きたい、行きたい、舟から花火を見たい、源兄ちゃん、連れて行ってよ！　いいでしょう」

「……せっかくですが私は……」

「源兄ちゃん、一生のお願い」

「……源太郎さん、章太郎を連れて行っていただけませんか」

絹が困ったような声でいう。

「……はぁ……」

「やったぁ！　画帳と筆をとってきます。ちょっと待っててくださいね、お紗江さん、源兄ちゃん」

章太郎のあんぽんたんと、結実は胸の中でつぶやいた。

源太郎とふたりで行くはずだった川開き。

源太郎は章太郎とともに、紗江の家が用意した舟に乗る――。

でも源太郎が誘ったのは自分だ。それを紗江は知っていて、章太郎をだしにして横取りした。そんな紗江に焼きもちなんか焼くもんか。

結実は揺れる気持ちを無理やり振り切り、別宅に飛び込むと準備を整え、真砂とともに家を出た。

門の前で、花火に向かう紗江らとばったり一緒になったのは誰のせいでもない。

「ご苦労様でございます」

紗江は余裕たっぷり、真砂に挨拶する。

章太郎の手をひいた源太郎が目に入る。

すまんという表情をしているように源太郎が見えないこともない。

結実は奥歯をかみしめ、つんとあごをあげると、源太郎とは目をあわすことなく真砂の後を追った。気持ちはやっぱりでんぐり返ったままだった。

第五章　白い三日月

一

「天明・天保の飢饉などの年と比べたら、お米の出来は悪くないはずなのに、なんでこんなに高いのか……。お米だけじゃありませんのよ。野菜も豆腐も、魚も、どんどん値が上がって……それもこれも、開港したからだって。まるで風が吹くと桶屋が儲かるみたいじゃないですか。みんなかんかんですよ」

朝の給仕をしながら、絹がため息をついた。

確かに絹の言うとおり、物価はうなぎ登りだった。

その一因に、日本で金と銀の価格は一対五だが、海外では一対十五だということがある。外国人はこれに目をつけたのだった。

洋銀を日本銀に替え、日本銀を小判に替えるだけでおもしろいように儲けが出る。そのためにわずか数か月の間に、百万両もの小判が、国外に流出してしまった。

外国人の金持ち出しに対抗するために、公儀が金含有量を三分一にした新小判を発行したのは五年前だった。

この改鋳《かいちゅう》により金の国外流出を食い止めることはできたが、一両の値段は、三分一の価値に下落し、そのつけが物価高騰につながってしまった。

「食べ物だけじゃないんですよ。木綿も絹も目玉が飛びでるほど高くなって……」

絹は口をとがらせる。真砂が眉をよせた。

「晒し木綿、もっと買い置きしとけばよかったかもしれないね。こればっかりは倹約できないから」

「よかったら、うちにあるものを使って下さい」

正徹は気軽に言う。晒し木綿は、産婆と医者にとって必需品だ。

四年前に兄の穣之進に、これから物価があがりそうなので、必要なものはある程度準備しておいた方がいいといわれ、多めに買い求めていたと続けた。

「お米は生ものですから、そういうわけにはいきませんの」

絹はまた困った顔をして息を長く吐く。

源太郎はおかわりのためにさしだしかけた茶碗をひっこめようとした。

「あら、源太郎さん。大丈夫よ。たくさん食べて。他は節約しても、食べるものはなんとかしますから。腹が減っては戦はできぬってね」

絹は源太郎の茶碗をとると、にこっと笑った。

川開きの花火の次の朝、結実と源太郎はさっそく仲直りをしていた。

「結実と見たかった」

源太郎のひとことで、結実が現金に機嫌を直したからだ。

ただ紗江と結実は、あれ以来、目も合わせていない。

「お紗江さんとなんか、あったか?」

源太郎がそっと耳打ちしたのは、三日前だった。

結実は「別に」としらばっくれた。

源太郎を争って口喧嘩したなんて、きまり悪すぎる。


その朝、大きくなったお腹をかかえたタケが診察にやってきた。

「朝はまだ涼しい風も通るかと思ったけど、今日は滅法《めっぽう》暑いねぇ。ここまで来るだけですっかり汗だくだよ」

タケは、品川町の裏店《うらだな》・八《はち》右衛《え》門店《もんだな》に住む表具師《ひょうぐし》の佐平《さへい》の女房だ。九歳の長男を頭に、すでに四人の子持ちだった。昨年の三月に四人目の金太を出産したばかりなのだが、もうすぐまた子が生まれる。

「妊婦は暑がりだから、これからあせもができないように気をつけてくださいよ。かゆいからってかきこわしたりしないようにね。……はい、順調ですよ。重いものなんか持たないで、無理をせず暮らしてくださいな」

真砂が診察を終えると、タケは身なりを整えながら、鼻をならし、ふっと肩を落とした。

「ため息なんか、おタケさんに似合わないのに」

「いえね……生まれてくるこの子にちゃんと飯を食わせてやれるか……心配で」

「佐平さんがまた怪我をしたとか?」

結実が心配げにたずねた。

亭主の佐平は昨年、商売道具の手の指を骨折し、収入が途絶えたことがあった。そのときは幸い、タケが乳持《ちもち》奉公をして何とか乗り切ったが、子どもが五人に増えるのに、また仕事を休まざるを得ないことになっていたらことだった。

「そうじゃないんだけど、米が高くて……」

暮らしがこのままでは立ちゆかないので、上の二人の子を来年から奉公に出すことに決めたと眉を寄せる。

長男は手習い所に通って二年、次男は今年手習い所に行きはじめたばかりだ。

「まだ読み書きも、算盤《そろばん》もおぼつかないのに、不憫でならなくてねえ。けど、奉公に出るのはうちの子だけじゃないもの……」

大きな身体を丸めてタケは独り言のようにつぶやく。

タケも袋貼りの内職をわけてもらっているが、暮らしの足しにはほど遠いと続ける。

「これからどうなるんだか……情けないったらないよ」

暮らしが苦しいという理由で、間引きと称し、生まれた子の口を濡らした紙でふさぎ、亡き者にしてしまう親もいる。

公儀や諸藩は間引きも堕胎《だたい》も禁じてはいるが、それで罰せられることはほぼなかった。

「先々のことは考えても仕方ない。今は元気な赤ん坊を産むことだけを、考えましょう」

元気づけるように真砂がいうと、タケはこくっと首だけでうなずいた。

二

「おのぶちゃんのとこ、回ってきます」

午後になってすずは準備を整え、真砂に声をかけた。

「そのまま帰っていいからね」

「すみま……」

「おすずちゃん、それはなしって約束でしょ」

結実に言葉を遮られ、すずが肩をすくめ、言い直す。

「ではお言葉に甘えてそのままあがらせてもらいます」

「気をつけて。三陰交《さんいんこう》と太衝《たいしょう》の指圧を忘れずにね」

真砂がいった。

「わかりました。ありがとうございます。ではまた明日」

のぶえは、すずの亭主の栄吉の妹で、すずの義妹にあたる。

結実にとっては六歳から通ったお針で一緒だった幼なじみでもある。

のぶえは町火消しの頭の娘なのに、ひとたび火事が起きれば命を賭けなければならない火消しと一緒になって年中はらはらするのはいやだと言い張って、質屋「玉屋」の息子・弥平太に嫁いだ。

予定は五月末だった。すでに閏五月に入り、腹もはち切れそうになっているのに、なかなかそのときがこない。

三日前に、陣痛がはじまったと玉屋の手代が迎えに来て、真砂たちがかけつけたが、腹が張ったために起きた軽い痛みを陣痛と間違えただけだった。

「おっかさんの腹の中の居心地がよくて赤ん坊がゆっくりしているんでしょう。心配はいりませんよ」

がっかりするのぶえを真砂は慰《なぐさ》めたが、外に出た途端に厳しい表情になった。

「これ以上長く腹にいると、赤ん坊が育ちすぎてしまうかもしれない……」

赤ん坊が育ちすぎればお産は大変になる。

それだけではない。腹の中の赤ん坊が大きすぎて動けなくなり、手や足に障害がでることもある。赤ん坊を包んでいる水が汚れやすくもなり、お産の時に汚れた水を赤ん坊が飲み込んだりすると、命にかかわった。

真砂によると、「三陰交」と「太衝」はお産に向かうように身体を整えてくれるツボであるという。


夕方になると風が出てきた。

「ごめんください。おかみさんが産気づきました。急いでお願いいたしやす」

三日前と同じ玉屋の手代が息を切らせてやってきたのは、薄闇の迫った空に、ほの白い月がぼんやりと浮かびはじめたころだった。

いよいよのぶえのお産だと、結実と真砂は玉屋に急いだ。

玉屋には、すずがすでに駆けつけていた。

「うちにも連絡もらって……おのぶちゃんは義理の妹だから、このお産はあたしにも手伝わせて下さい」

すずは律儀に真砂に頭を下げる。真砂はうなずいた。

「おすずはおのぶちゃんについといとくれ」

前回、陣痛でもないのに産婆を呼んで大騒ぎしたのをのぶえは悔いていて、そのために慎重になったのか、お産はだいぶ進んでいた。

「あとどのくらいで赤ん坊が生まれるの？」

痛みと痛みの合間に、のぶえがすずに尋ねた。

「人によるけど、初産だと六刻から八刻（十二～十六時間）くらいかな、子どもを産んだことがある人はその半分の三刻から四刻（六～八時間）だけど」

「あたしは初産だから……」

「最初の痛みはいつ来たんだっけ？」

「さっきおすずちゃんが帰ってからすぐだった。……またお腹が張ったのかと思ったんだけど……」

「もう一刻半くらいたってるってことね。だったらあと五、六刻かな」

「はぁ～、そんなにかかるのか」

苦笑したのぶえに、すずはかんでふくめるように言う。

「赤ん坊は、ゆっくり、無理がかからないように裾の道を下りてくるの。それが赤ん坊とおっかさんのためなのよ」

「はやく産みたいと思っていたけど……怖いくらい痛いね」

「そうやっておのぶちゃんも生まれてきたんだよ。みんな……」

「おっかさんって、大変だね」

「おのぶちゃんはもう赤ん坊のおっかさんだ。しっかりね」

のぶえは唇をきつく結び、すずの目を見つめてうなずいた。


夜四ツ（午後十時）ごろ、のぶえのお産が止まった。

マスのお産のことを思い出し、結実の背が冷えていく。マスはやっとのことで産み落としたが、母子ともに亡くなった。

「結実、怖い顔になってるよ。それじゃ、おのぶちゃんが不安になってしまいます。おのぶちゃんのお産が止まったのは、おマスさんの場合とは違いますよ。おのぶちゃんの子は自分が大きいから、このままでは通らないと知って、今、頭を小さくしているんです」

結実の気持ちが透けて見えたのか、真砂が耳打ちする。

「頭を？」

「泉門《せんもん》をね」

真砂は自分の頭のてっぺんを指さした。

大人の頭はぐるりと骨が守っているが、赤ん坊の頭頂部には骨と骨がつながっていない軟らかなところがあり、これを泉門と呼ぶ。赤ん坊はこの空間を利用し骨と骨を重ねて頭を小さくして、産道を下りてくるのだ。

「おのぶちゃん。そのうちまたはじまるから。この間《ま》に、握り飯食べる？　お茶もあるわよ」

「喉がかわいた……」

すずはのぶえの半身を支えて、冷ましたお茶を手際よく飲ませた。

「一気に痛くなって赤ん坊が生まれるって思ってたけど……こんなことってあるんだ

ね」

　のぶえはすずの腕にすがってつぶやく。

「赤ちゃんの生まれ方はみんな違うの。ね、結実ちゃん」

「うん。おのぶちゃんの赤ん坊は今、出てきやすくするために、頭の幅を小さくしようとがんばっているって、真砂先生がおっしゃってた」

　のぶえは驚いた顔で結実を見る。

「頭を小さくなんてできるの？」

「それができるのよ。だから福禄寿《ふくろくじゅ》みたいな頭で生まれてくる子だっているのよ」

　のぶえは絶句した。福禄寿は七福神のひとりで、長寿の神様だ。長い頭が特徴で、眉毛の上にもうひとつ顔がかけるほど広い額がついている。

「そんな頭だと、子どもも大変だ……」

「心配はいらないよ。生まれるためにそんときだけ細く長くなっているだけだから。日に日に少しずつ頭が戻って、そのうち福禄寿だったことが嘘みたいにかわいくなるから」

　しばらくして再び陣痛が始まった。

「鼻から息を吸って口から出して」

「息を止めないで」

「痛いときは息を吐いて、いきみを逃がして」

「辛いときはふ～ふ～と長めに息を吐いて」

のぶえの状態にあわせて、すずは静かに声をかけ続ける。

やがてそのときがきた。

「いきんで！」

真砂がいう。のぶえの顔が真っ赤になった。

「おのぶちゃん、赤ん坊の頭がみえてきたわよ。ふ～っと息をゆっくり吐いて」

すずは励ますようにいう。

「上手上手。赤ん坊が今、下りてきてる」

元気な産声が聞こえたのは、それからすぐだった。

赤ん坊の声が響き渡るなり、わあっと、部屋の外で歓声があがる。

「通して下さいな。産湯をつかわせないと。みなさんが抱くのは、おのぶちゃんが抱いてからです」

産湯をつかわせに出て行ったすずが、大騒ぎの家族を制している声が聞こえる。

「どっちだ？」

「……男の子です」

「おお～っ」

「近くで大声を出さないで。赤ん坊がびっくりするから」

後産《あとざん》も終わり、のぶえは晴れやかな顔で赤ん坊を抱いた。真砂がにこやかに声をかける。

「おめでとう。おのぶさん。いいお産でしたよ。大きな赤ちゃんなのに、よくがんばりました」

「義姉《ねえ》さんがつきっきりで励ましてくれたから、怖くなかった。……ありがとう、義姉さん」

のぶえが涙ながらに言う。すずも目を指でおさえた。

のぶえの亭主、玉屋の主《あるじ》夫婦、のぶえの両親、栄吉が次々に部屋に入ってくる。

「まぁ、玉のような赤ん坊だ」

「生まれたてなのに、しっかりした顔をしてるじゃないか」

「この指、ごらんなさいよ。かわいらしいこと」

「おれもおじきか。おすず、おまえもおばさんだな」

「こっちはじいさんにばあさんだ」

ジジジ、と行灯《あんどん》の灯芯が燃える音が、笑い声にかき消される。

すずは結実と後始末をしながら、耳元にささやく。

「おのぶちゃんがはじめて、あたしのこと、義姉さんと呼んでくれた……これまでずっとおすずちゃんだったのに……」

「頼りになる義姉さんだと思ったんじゃない？　今日のおすずちゃん、見上げたもんだったよ。これぞ産婆だって、あたしもほれぼれとしちゃったもん」

「もうっ、結実ちゃんたら、うまいこと言って。調子に乗って木に登りそうだわ」

豚の木登りの諺《ことわざ》をもちだして、すずは満ち足りた表情で微笑んだ。

栄吉と帰るというすずに、明日は昼からでいいと言いおいて、真砂と結実は玉屋を後にした。

「先生、結実ちゃん、おかげさまで」

口々に声をかけられ、結実は胸がいっぱいだった。

「いいお産でしたね」

「本当ですね。お産も順調、みんなが手放しで喜んで赤ん坊を迎えて……気持ちがいい……産婆をやっていてよかったと思える朝です」

朝焼けを見上げながら、真砂も嬉しそうに笑った。

三

結実が目をさますと、朝五ツ半（午前九時）を過ぎていた。まもなく昼といってもいい時間である。のろのろと起きて井戸端で顔を洗っていると、源太郎が診療所から飛び出してきた。

「おのぶちゃん、無事に大きな男の子を産んだんだって？　よかったな。栄吉、大喜びだろ。どっちに似てるんだ？」

「……おのぶちゃんかな」

「じゃ、美形だな」

「栄吉さん、自分の子が生まれたらどうなるのか心配になるくらい喜んでたよ」

栄吉と源太郎は、栄吉が火傷をしてから急速に親しくなった。ときどき居酒屋で酒を呑む仲でもある。

「あいつもおじさんか」

「おすずちゃんも八面六臂《はちめんろっぴ》の大活躍。それで、おのぶちゃんがお産の後におすずちゃんのこと、義姉さんってはじめて呼んでくれたんだって」

「そりゃ、よかった。おのぶちゃん、自分はとっとと嫁いだくせに、兄さんが大好きで、ふたりの祝言の時もぶすっとしてたから……おすずちゃんを義姉さんと認めてくれたんだ」

「うん。おすずちゃん、嬉し泣きしてた」

紗江が井戸端にやってきて、女中が洗った洗濯ものを干すのを手伝い始めた。

「こんな時間にお目覚めとは。お産婆さんとは大変なお仕事でございますわね」

すかさず、きつい言葉が飛んできたが、結実は投げ返す気にもならなかった。源太郎と昔みたいに自然に話せたのだから。


ご飯を食べ、あわただしく、結実はのぶえの往診に向かった。

「あれ、おすずちゃん、来てたの？」

すずは既に赤ん坊を風呂に入れ、のぶえの身体を拭き、悪露《おろ》の始末も済ませていた。

「赤ん坊、おっぱいにも上手に吸い付くので、お乳のほうも心配なさそう」

「そりゃ、何よりだけど……ちゃんと眠った？　おすずちゃん、今、大事なときなんだから。あたしなんか、五ツ半まで寝ちゃったのに」

すずがうふっと笑って、肩をすくめる。

「あたしも五ツまで寝ちゃったの。でも栄吉さんがかわりにご飯を炊いててくれて……」

「え、栄吉さん、ご飯なんて炊けたの？」

うんとすずがうなずく。

「おっかさんの手伝い、子どものころからしてたんだって。あのうちでは、火事が起きると、帰ってきた火消しに食べさせるために、大釜でご飯を炊くから」

町火消しの花形で纏持《まといも》ちの栄吉がすずのために竈《かまど》の前に座っている姿を思い浮かべて、結実はほっこりとした心持ちになった。

「納豆も買ってきてくれて、あたしを寝かしてくれたの。起きたときにはもう働きに行って、いなかったのよ。……これ、見て」

すずは胸もとからたたんだ紙をとりだすと、手早く広げて、結実に手渡した。

『先に出かける。おすずはゆっくり身体を休めて、飯をいっぱい食べろ。今日は魚河岸の近くで仕事だから、帰りに干物でも買ってくる。栄吉』

栄吉からすずへの文《ふみ》だった。

「やさしい……」

「……おのぶちゃんのお産のときのあたしを見て、栄吉さん、見直したっていってくれたの……産婆があんなに本気な仕事だって思いもよらなかったって。おのぶちゃんにあたしがついててよかったって……」

産婆である自分を、相惚《あいぼ》れの栄吉に認めてもらうことができたのが、すずは心底、嬉しそうだ。

――長い間、おすずは産婆の修業をしてきたんだな。誰にでもできることじゃねえや。子どもが生まれても、続ける気だろ。誰か頼れる人、見つけなきゃな。

栄吉はそうも言ってくれたという。

「誰か見つかるかな。そうじゃないと働く気だけがあっても働けやしない……」

すずは小さくつぶやく。不安な気持ちが目の中で揺れていた。

「誰もいなかったら、連れてきちゃえばいいわよ」

気がつくと結実は口にしていた。

ぽかんとすずの口があく。

「連れてきちゃえばって……」

「おんぶしてくればいいじゃない。仕事の合間に、おっぱいあげたり、寝かせたりできるでしょ」

「またあたし、ふたりの足手まといに……」

「おすずちゃんの子にとっては、あたしはおばさんみたいなもん。かまわないよ。あたしも、子育て手伝うから」

すずの目に涙が盛り上がった。

「そんな風に言ってもらえるなんて……あたし、なんて恵まれてるんだろ」

「おすずちゃん、絶対、産婆をやめたくないんでしょ」

「やめたくない」

「私もよ」

ふたりは顔を見合わせてうなずいた。

「真砂先生は許してくれると思う？」

「大丈夫よ。あたしがおばさんなら、あっちはおばあさん。それに、先生だって、赤ん坊だったうちのおっかさまたちをおぶって仕事してた口じゃない？」

結実はすずの手を握った。すずが強く握り返す。

好きな人には自分のことをわかってほしい。産婆を続けることを応援してもらいたい。どんなときでも、自分の味方でいてほしい。困ったときは助けてほしい。

亭主でも、友だちでも、仕事仲間でも。

結実も、大切な人にとってそういう存在でありたかった。

のぶえの赤ん坊は太助《たすけ》と名付けられた。

太助がむせるほど、のぶえの乳はよく出る。産後の回復は順調そのものだった。

四

数日して伯父の山村穣之進が夕方、顔をだした。

その後から珍しく栄吉が入ってきた。

穣之進が師範を務める千葉道場に、栄吉も時折通い、剣術の稽古をしている。

「お邪魔いたしやす。穣之進先生に声をかけていただきやして……」

正徹と源太郎が診察を終えると、絹がさっと酒と肴《さかな》を並べ、さしつさされつがはじまった。

仕事を終えた結実とすずが加わると、穣之進は、龍馬の手紙が千葉道場に届いたといった。

「長崎からの手紙だよ」

「神戸じゃなかったのかい？　長崎とはまた遠くまで……」

「神戸海軍操練所の同志とともに、長崎で亀山社中《かめやましゃちゅう》というものを作ったそうだ」

「社中とは……神楽《かぐら》かなんかの集まりか？」

正徹が穣之進の盃に酒をつぎながら聞いた。

「商いらしい」

「商い？」

「気持ちをひとつに商いをするっていう意味じゃないのかと思うが」

「侍なのにか？」

正徹が目をむく。

「何をしでかすかわからん男よ、あいつは。……後ろ盾《だて》は薩摩藩と、長崎の豪商・小《こ》曽根《ぞね》乾堂《けんどう》という話だ」

「……そんなたいそうな。一介の脱藩浪人がやることか？ ……たまげるな」

「まったくだ」

穣之進はそうつぶやいて顎をなでる。

「わざわざ長崎くんだりまで行って後ろ盾まであるってんだから、オランダやメリケンの品物を商うんだろうな」

うむと穣之進が正徹にうなずいた。正徹は続ける。

「……後ろ盾があるってことは、そっちに便宜を図るってことか？」

「自前の船もあり、薩摩から一人当たり、三両二分の給金もでるそうで……」

「豪儀だな。神戸海軍操練所では勝《かつ》様と、今度は薩摩藩と……一体、龍馬さんはどんな人脈を持っているのか。動きも何もかもまったく読めん」

正徹が苦笑した。

かつて神戸海軍操練所に入り、龍馬とともに船の操縦を学びたいと言っていた栄吉は、黙り込んだまま、じっと耳を澄ませている。

「こっちから長崎に出張っていき、亀山社中に参加しようとしてる者もいるらしいが……栄吉はいいのか？」

穣之進はそういって栄吉を見た。栄吉は穣之進に目礼して静かにいう。

「人には人の分《ぶん》がございやす。おいらは、こっちで」

ほっとすずの顔がゆるむのがわかった。

「龍馬さんって、ほんとに龍と馬を足したみたいな人ですのね。空に上ったり、地をかけたり、龍馬さんにはこの世は狭すぎるんじゃありませんの？」

絹がころころと笑った。

そろそろといって、栄吉とすずが立ち上がり、結実と源太郎は外まで見送りにでた。

源太郎が栄吉に話しかける。

「おいらはこっちで……か。もうすぐ栄吉もおとっつぁんだもんな」

「源太郎さん、嫁がいるというのもいいもんですぜ」

栄吉は結実のほうをちらっと見た。

「先輩風、ふかしやがって」

源太郎は笑って栄吉につかみかかろうとした。

栄吉がその手をかわし、また笑い合う。

「ふたりとも、まったく子どもみたいなんだから」

大きなおなかを抱え、すずが苦笑した。結実も笑うしかない。


数日後、タケが産気づいた。例によって絵に描いたような安産で、真砂と結実が駆けつけて半刻（一時間）もしないうちに、産声が響いた。

女の子だった。

いちばん上の子が一年前に生まれた子どもをおぶい、二番目の子が三番目の子と手をつなぎ、タケの枕元に座って、生まれたばかりの赤ん坊の顔をのぞきこむ。

「かあちゃん、とうちゃん、おいらたちに名前をつけさせてくれよ」

上の子と二番目の子が目を細めて赤ん坊を見ているタケと佐平にいった。

「おまえたちが？」

こくんと二人がうなずく。

「おいらたち、次の年には家を離れちまう。この子がおいらたちを忘れないように、名前をつけてやりたいって、ふたりで話してたんだ」

「世話を焼いてやりたくても、奉公に出たら、会えるのは盆と正月だけだろ。でもその名を呼ばれるたびに、兄ちゃんたちがいたなって思ってくれるんじゃねえかって」

佐平とタケは、一も二もなくうなずいた。

「つけとくれ。おまえたちがこの子の名前を」

ふたりは顔を見合わせてにかっと笑う。

「さゆり！」

声を揃えていった。佐平が目に涙を浮かべてうなずく。

「いい名だ」

「とんでもない美人になりそうな名前だね」

タケが涙声でいうと、佐平と子どもたちの笑い声が小さな長屋に響き渡った。

五

「……源太郎さんに緑屋に入ってもらえたらって……」

閏五月も末になった夕方、紗江の声が庭から聞こえ、別宅で洗濯ものをたたんでいた結実ははっと身を硬くした。すずはすでに帰宅し、真砂は湯屋に行っていて、結実ひとりだった。

「源太郎さんは薬のことをよくおわかりですし、今から商売を学べば、緑屋の主として立派にやってくださると思うんです。それがいやだとおっしゃるなら、緑屋は私が継いで、源太郎さんは医者を続けてもいいんです。……ご実家の診療所は次男の象二郎さんが継がれるそうですね……お気に障ったら申し訳ありませんでしたけれど、調べさせていただきましたの」

「実家のことは、お紗江さんには関係ない話です」

源太郎の低い声が続く。

「診療所を作ってさしあげてもいいんですのよ。源太郎さん、ここにいたら、いつまでも居候で、使われっぱなしの見習い医者でしょう。せっかくの腕がもったいない。私、そんなみじめな源太郎さんの姿、見ていられませんわ」

「……それは自分の力で……」

「そうおっしゃると思いました、ご自分でって。でも、いつですの？　おじいさんになってからではつまらないですわ。私と一緒になったら今すぐにでも……」

「私は大地堂で学びたいことがまだまだあるんです。いずれは正徹先生に恩返しをしたいとも思っています。私にとってそれはまったくみじめなことではありません」

源太郎は、きっぱりといった。

結実の身体からほっと力がぬけていく。

源太郎が紗江の申し出を即座に断ったのが、結実は嬉しかった。源太郎を紗江に奪われることが心底怖かった。

源太郎が自分はみじめではないと言い切ったことにも、結実は救われたような気持ちになった。

「私はここでの暮らしが気に入っております。この話はこれっきりにしてもらえませんか」

「私がこれほど言っても、いいお返事はくださらないのね」

やがて紗江の足音が聞こえ、遠くなっていった。

紗江は翌日の夕方、患者の姿が途絶えたのを待っていたかのように、大きな菓子折を持って、大地堂に現れた。

「これまで大変お世話になりました。おかげさまで、私どもの薬がどのように使われているのか、この目で確かめることができました。正徹先生と源太郎先生には、お忙しいところ、さまざまなことを親切に教えて頂き、大変勉強させていただいて……今後はこちらで学んだことを、緑屋の商売に生かしてまいります。新しい薬や西洋の珍しい薬など手に入りましたら、ぜひ相談にのってくださいませ。そのときはまたよしなにお願いいたします。父も改めてお礼に伺わせて頂きたいと申しております」

紗江は正徹と源太郎に向かって、立て板に水の如く述べて、深々と頭を下げた。

正徹からのねぎらいの言葉を受け取った紗江はそのまま帰ると思いきや、その足で別宅に来て、結実を呼び出した。

「ちょっとつきあってくれませんか」

淡い水色の絽《ろ》の振袖を着た紗江は相変わらずかわいらしかったが、ちんまりした目の縁が赤く、泣いたようにまぶたが腫れている。

紗江は門を出ると、年配の女中にここで待つようにいった。

「ですが、お嬢様」

「結実さんも一緒だから心配はいりません」

「でも万が一、何かありましたら……」

「まだ陽の目がありますす。話が済んだらすぐに戻ってきますから」

女中はようやくうなずいた。

「赤子のころからいる婆やだから、小言が多くてときどき閉口しますの」

松平様の邸《やしき》の前をゆったりと歩みながら、紗江はいった。その背を追うように結実は歩いた。

やがてふたりは日本橋川に出た。

結実は足を止めた。ゆったり流れる川を見つめながら、紗江が再び口を開いた。

「私、幼いころから、自分が好きになった人と一緒になりたいと思っておりました。家の格でお膳立てされて、顔を見たこともない人と祝言をあげるのではなく……。お恥ずかしい話ですけど、そうやって夫婦になったうちの両親はあまり仲がよくなくて、ほとんど口もきかないんですのよ」

紗江の母は緑屋の家付き娘で、父は小松町に妾を囲っているという話は結実も聞いたことがある。

「私はそんなのはいや。好きになった人と夫婦になって、仲良く寄り添って助け合って暮らしていきたい。……はじめて好きになったのが源太郎さんでした。……でも源太郎さんを振り向かせることはできなかった。……けれどさんざん考えて、これでいいんだって思えたんです。以前、正徹先生が西洋医学所に進むように源太郎さんに勧められていたって、患者さんから聞きました。それも源太郎さんは断ったって。当代一の偉い先生になるより、今、目の前にいる患者さんを助けたいって……」

「そういう人……なんです」

「それを聞いたときは私、源太郎さんがやせ我慢をしているんだって思いました。そんな人がいるなんて、私、思いもしなかったから。源太郎さんにとって大事なのは名より実なのですね。……でも私は緑屋の跡取り娘ですからそうはいきません。これから私は緑屋という名を継いで、店を守っていかねばなりません。名も実も手にしなければならないんです」

ちょっと口ごもり、紗江は言いにくそうに続ける。

「昨日、私ね……思い切って……源太郎さんに迫ったの。女が男を呼び出して一緒になってほしいと言うなんて、はしたないし、みっともないとも思ったけど、そうでもしなければ気持ちの収まりがつかなくて。でも……あっさり断られちゃった。立ち上がれなくなるかと思いました。でも違った。なんだかすっきりしました。自分にできることはすべてやったからかしら」

「……それをなぜ、私に？」

「さぁ……」

紗江は口を引き結び、足元に視線を落とした。

「やっぱりちょっと辛いもの。誰かに聞いてもらいたい。でもこんなこと、人に知られるわけにはいかない……。打ち明けられるのは結実さんしかいなかったのかも。結実さんは私が源太郎さんのことを慕っていたことも、源太郎さんの良さもわかっているから……親身に聞いてくれるような気がしたのかもしれません。それでもやっぱり、源太郎さんが結実さんのことを選んだら、悔しいけど」

紗江は、河岸《かし》に足を進めると、口元に両手をあて、いきなり「源太郎のばかぁ！」と叫んだ。まわりを歩いている人が振り返るほどの大声だ。

「朴念仁！　大馬鹿ぁ！」

人に見られているのも気にせず、叫び続ける。

そして紗江は大きく息を吐くと「これで気が済んだ」とつぶやき、鬱陶しいものが晴れたように微笑んだ。

「お紗江さんは立派ですね」

結実がいうと、えっと紗江が驚いたように振り向く。

「しっかり自分の行く道を考えて……まだ十七なのに」

「十七はもう大人です」

紗江はぷっと頬をふくらませる。

「大人ですか」

「ええ、恋で胸がときめくことも、恋に泣くことも知りましたもの」

結実と紗江は、なぜか同時に空を見上げた。

「あ、三日月が出てる」

結実が西の空を指さすと、紗江は少し高ぶった声で「きれい！」といった。

陽が沈むころ、三日月を見つけると幸運が訪れるといわれている。ふたりは思わず顔を見合わせ、ふっと微笑んだ。

まだ暮れきってはいない薄青い空に、白い三日月が静かに浮かんでいた。

第六章　簪と綿帽子

一

六月に入ると、目を細めずにはいられないほど強い日差しが降り注ぐ日が続いた。

この月に入ってから、真砂と結実は目が回るほどの忙しさだった。

いつもなら、三日お産がまとまって続いたら、二、三日は何もない日が訪れほっとひと息できるものだが、この月に限っては休みなしだ。その日も、丸二日陣痛を耐え抜いた妊婦が女の子をやっとのことで産み、へとへとになって朝帰りをするなり、またも呼ばれ、日をまたいで今度は男の子が生まれた。

さすがに洗濯ものをする体力は残っておらず、昨夜は結実もぼろぼろになった身体で布団に潜り込むのが精いっぱいだった。

翌朝、のろのろと雨戸を開けると、かっと照りつける日差しが結実の目を射貫いた。

夢も見ずに眠ったのに、身体の芯に疲れがずんと残っている。

ふと名前を呼ばれた気がして、襖《ふすま》を開けると、板の間に真砂がくの字になって倒れていた。何が起こったのか、すぐにはわからなかった。

結実が駆け寄り抱き起こすと、真砂は薄目を開いた。

真砂はあえぐように口を動かすが、声にならない。

「おとっつぁま！　おばあさまが……」

結実は庭に向かって大声で叫んだ。

それからのことは悪い夢を見ているかのようだった。

父の正徹と源太郎、絹が大わらわで駆けつけ、すぐに真砂は戸板に乗せられ、本宅の書斎に運ばれた。

「……卒中《そっちゅう》だって……」

部屋から出てきた絹の目が真っ赤だ。

卒中を治す薬はない。身体に滋養をつけるために、牛黄《ごおう》、人参《にんじん》、当帰《とうき》などの漢方を処方し、たびたび水分を補給するくらいで、あとは安静にして時が治してくれるのを待つしかない。

しばらくして、結実は真砂の枕元に呼ばれた。

「……結実、呼ばれたら……ひとりでも行きなさい。お産を引き受けるというのは……命を引き受けるということ。産婆は……逃げ出すわけにはいきません。……大丈夫、私が一から仕込んだおまえは……もう……立派な産婆です……」

吐息がもれるような声、言葉はもつれている。

「先生、これ以上話さないで」

正徹が遮《さえぎ》ると、真砂は結実に右手をさしだした。

結実がその手を握ると、真砂はうなずいた。大きくて痩《や》せた、乾いた手だ。

ひきつっているような真砂の顔が一瞬ゆるみ、微笑んだように見えた。

「私のことはいいから……しなくてはならないことをなさい」

うなずいてみたものの、結実は混乱のさなかにいた。

この現実を受け入れることができない。

卒中で真砂が倒れてしまったなんてやっぱり信じられない。信じたくない。

真砂は産婆の師匠である前に、結実の祖母だった。

実母の綾が死んでから、産婆見習いになるまでずっと、結実は真砂に甘えて暮らした。真砂がお産に呼ばれない夜、結実は枕を抱いて別宅に行き、真砂の布団にもぐりこんだ。そんなとき、真砂はいつも結実を抱きしめてくれた。

古い着物をほどいて、結実にお手玉やふくさや袋物も作ってくれた。産婆をしながら、夜、針を動かす大変さを結実は今ならわかる。だが結実がほしいというと、真砂はいやな顔ひとつ見せず、「いい子にしていたらね」といいつつ、「おまえの笑顔がみたいから」と数日のうちに手渡してくれた。

いつだって真砂に見守られて、結実は育ってきたのだ。

結実が産婆になりたいといったとき、反対もしなければ賛成もしなかったけれど、見習いになると、一日中一緒に暮らすことになった。厳しい師匠である反面、ものわかりのいい面もあって、こんな産婆になりたいと尊敬していた。

卒中を起こしてそのまま亡くなる人もいる。真砂がそんなことになったらと思うと、結実はいてもたってもいられなくなる。心細さに身が震える。

真砂は結実に、ひとりでお産を引き受けるようにといった。

そんなことができるだろうか。

ついこの間まで三人でお産を見ていたのだ。立派だなんだと、突然持ち上げられたって、そうではないことを結実本人が一番知っている。

真砂がいたからできたのだ。真砂が後ろで目を光らせてくれているから、落ち着いて子どもを取り上げられた……。

真砂の病状を伝えると、すずは結実を気遣い、今日は自分が往診をすべて引き受けると請け合った。すずはいつお産が始まってもおかしくないほど、腹が大きくせり出している。

真砂の枕元には、実の娘である絹がずっと控えていた。

結実が病室に戻っていくと、真砂は、心配はいらないとでも言うように、首をわずかに振った。

「おっかさまのことは私が見ているから。結実はやらなければならないことをやっておいで。おっかさまが案じているのは、何より結実のことだから」

結実はとぼとぼと庭に出た。

ぎらぎらと降り注ぐ光の中、結実は洗濯をした。こんなときに明るすぎる天気はますます心をざわめかせる。

竈に湯を沸かし、洗いおえた晒し木綿や前掛け、術着を放り込み、長い棒でかき回しながら、ぐつぐつ煮て、再び水にとり、濯《すす》いで干す。

すずが子を産めば、お産だけでなく、往診も結実ひとりが担わなくてはならない。

そのすべてを、つつがなくこなせるだろうか。

そのとき、手に持っていた洗濯ものがひょいと奪い取られた。

源太郎がいつのまにか側に立っていて、濯ぎ終えた洗濯ものを次々に手際よく物干しに並べていく。

「元気出せ」

ぱんぱんと洗濯ものを伸ばしながら源太郎は慰めるように言った。

「おばあさま、いつになったら起きられるようになる？」

「さぁなぁ。こればっかりは……だが真砂先生はきっとよくなる。それまでは結実が……」

ひとりで産婆をと言いかけて、源太郎は言葉を飲み込んだ。

「やるしかないってわかってる」

結実は怒ったような強い口調で言い、目をふせた。

「ただ怖いの。私ひとりで母親と赤ん坊の、ふたつの命を預かるなんて……」

「わかるよ。……ひとりで医者をはれといわれたら、おれだって怖い。でも見習いをいつまで続ければ大丈夫なんだ？　どれだけ時が経っても、やっぱり怖いんじゃないか。怖くならないときなんて来ないいんじゃないか」

そうかもしれないと、結実も思った。きっと自分は来年になっても再来年になっても、ひとりでお産を見るのは怖いと思うだろうと。

「……おとっつぁまもおばあさまも、怖いと思ってると思う？」

「産婆も医者もそういう仕事なんじゃないか……」

命を前にして慣れることなどできないのだからと、源太郎は続ける。

「だから、おたおたすることだってあるだろうけど、やっていくしかない。少しずつ覚悟ができていくよ」

「……」

「及ばずながら、おれも力になる」

やけにきっぱりと源太郎が言った。結実は背中をぽんと叩かれたような気がした。

「……なるべくがんばる」

「なるべくじゃないだろ。精いっぱいがんばるだろ。そう言ってみろよ」

「……精いっぱい、がんばる……」

「そうだ。その意気だ」

源太郎は景気をつけるように明るくいい、縁台に結実を座らせ、自分も並んで座った。

「一度、結実の口から聞きたいと思ってたんだ。結実はなぜ産婆になろうって決めたんだ?」

安政の大地震のとき、母の綾が腹の子と共に目の前で死んだから。

あのとき、産婆がいて手当ができたら、母も子も助かったかもしれないから。助からなかったにせよ、あんなに苦しまなくてすんだかもしれないから。

「ほんとは……それだけじゃないの……おっかさまがそうなったのは私のせいだったから」

これまで産婆になった本当の理由を父の正徹にも、祖母の真砂にも、義母の絹にも、誰にも話したことがない。

だがこのとき、結実は源太郎に聞いてほしいと思った。

「そうなったのは、って？」

結実は膝の上の両手を握った。とつとつと、静かに語る。

逃げる最中、大きな揺れが起き、道筋の家の瓦が結実めがけ、滝のように落ちてきたとき、綾は結実を突き飛ばし、自分の身体を盾《たて》とし、瓦の波からかばったのだ、と。

「私のために、おっかさまと腹の子は死んでしまった。私を助けようとしなければ、ふたりは助かったのに……。私、産婆にならないと生きていられないと思った。おっかさまと生まれて来られなかった私のきょうだいに申し訳なくて……」

源太郎はしばらく考え込んだあと、ゆっくり口を開いた。

「……おっかさんは結実がかわいくてしかたなくて、生きてほしかったんだなぁ」

「……」

「今の結実を見たら、おっかさんはどんなに喜ぶだろう。おっかさんは結実を誇らしく思うに違いないや」

「……ほんとに？　ほんとにそう思う？」

結実が涙声になった。

「ああ……子どもが病気や怪我をすると、おっかさんは自分が代わってやりたいと思うもんじゃないのか。もし、結実がいうように、あの地震でおっかさんが助かり、結実が亡くなったとしたら、おっかさんはどれだけ自分を責めたか……みんな助かればいちばんよかったけど、おっかさんはこれでよかったと思ってるよ、きっと」

それからふたりはしばらく、ひらひらと洗濯ものが舞う庭で真っ青な空を眺めた。

再び口を開いたのは、源太郎だった。

「前に、結実がおれに、医者をやめたくなったことがあるかと聞いたことがあっただろ」

北新堀町《きたしんぼりちょう》の糸屋の女房・藤《ふじ》のお産の後のことだ。その日、真砂とすずは別のお産に行っており、結実はひとりで藤のお産を見た。

藤には娘二人があって、どちらも絵に描いたような安産だったがこのときは違った。

なかなか子どもが下りてこない。

下りてきたと思ったら、頭が見えているのに出てこない。臍《へそ》の緒がねじれて、赤ん坊の首に三重にまきついていた。やっとの思いで結実が取り上げた赤ん坊の息はなかった。

真砂は自分だったとしてもほぐせる自信はないと、慰めるように結実にいってくれたが、そうは思えなかった。

真砂がいたら、赤ん坊をもっと早く取り上げられたろう。そしたら、あの子は家族の笑顔に包まれていただろう。

藤の死産を思うと、苦しくて胸が詰まり、産婆を続けられないという気持ちになった。そのとき、結実は源太郎に聞いたのだ。

源太郎はやめたくなったことがあると答えた。

やめたくなったことがない医者なんていないんじゃないのか。でも医者だから患者からは逃げない、逃げられない、とも。

「あんとき、もうひとつ言いたかったことがあったんだ。自分の力に限界を感じたり、医者をやめたくなったとき、気がつくとおれ、結実をいつも目で追ってたんだよ。きつい産婆修業に耐えて、いつだって前を向いている結実の姿を見て、ずいぶん励まされたんだ。結実が産婆をやめない限り、おれも医者をやめられないと思った。……結実はどんなに眠たくても使いが来たら飛び起きて、産婦の家に走って行く。歳が若いとか赤ん坊を産んだこともない産婆だと邪険にされても、産婦と赤ん坊の親身になろうとする……。子どものころ、あんなに無邪気で、生まれたまんまみたいだった女の子が歯をくいしばってがんばって……」

じっと聞いていた結実の目の縁が赤くなる。

「産婆は結実の天職だと思う。結実は自分で思っているよりずっと優しくて強い。何があっても乗り越えられると思う……」

静かに源太郎は一人語りを続ける。

「おれが大地堂に来たとき、なぜ実の父親の元で修業しないのかと誰もが聞いただろ。けど、結実は決してその問いを口にしなかったよな。家に帰らないことも、二度は尋ねなかった。実家に自分の居場所がないと、おれが口にしたくないって、結実は察してくれていたんだよな。おれだけじゃない。結実はいつも周りの人のことをよく見て、その人の身になって考えている。産婆にぴったりだよ。……真砂先生が結実にもう立派な産婆だって太鼓判を押したんだ。大丈夫だよ。おれも太鼓判を押す」

源太郎はそういって笑顔を見せた。

二

すずのお産が始まったのはその晩だった。

結実が大伝馬町の裏店の長屋に駆けつけると、すずは油紙を敷き、栄吉に力綱を吊ってもらい、重ねた布団にもたれて握り飯を食べていた。

栄吉はへっついに大鍋をかけて湯を沸かしている。

「握り飯で腹ごしらえ？　用意のいいこと」

結実が術着を身につけながらいうと、すずは鼻の頭に皺をよせてくしゃっと笑った。

「お義母《かあ》さんが届けてくれたの。結実ちゃんもよかったら食べて。初産だから長丁場になりそうだし……真砂先生はどんな具合？」

ほどいた髪を麻紐《あさひも》でひとつに束ねたすずが、心配げにいった。

「落ち着いているみたい。おすずちゃんのお産に行ってきますといったら……しっかりおやり、と言ってくれたみたいだった」

ふたりの目が同時にじわっと潤む。結実はあわてて首をふった。

今はすずのお産にだけ向き合わなくてはならない。

「よかった。真砂先生が無事で……あたし、いいお産になるようにがんばるよ。まだそれほど痛くないの。帰ってすぐおしるしがきたんだけど」

「二刻くらいたってる？」

「だいたいね……」

そのときだった。

遠くで半鐘《はんしょう》が鳴った。すずの顔色が変わる。

「すまねえ、おすず。おれぁ、行かなくちゃ」

へっついの前の栄吉が立ち上がった。

「後生です。今日だけはおすずちゃんのそばにいてやって」

結実は言わずにはいられなかった。

「そういうわけにはいかねえよ。おいらの纏を見て、組のやつらは火事場に駆けつけ、纏に励まされて、火に向かっていく。何があっても放り出すわけにはいかねえんだ」

腹を抱えたすずの横で、栄吉は普段着を脱ぎ捨て、刺し子の下着に腹当てを重ね、下腹で帯をきゅっと締めた。纏持《まといも》ちの姿が染め上げられた刺子半纏《さしこばんてん》を裏返しにしてはおり、頭に鉢巻きを巻く。

栄吉は土間口におり、表戸を開けた。

半鐘は富沢町《とみざわちょう》の東のほうから聞こえている。そのあたりの空がかすかに赤白く見える。

栄吉は風を確かめた。

「大丈夫だ、こっちに風は向いてねえ」

「兄ぃ！　纏をお持ちしやした」

源氏車《げんじぐるま》二ツ引流《ひきなが》し、は組の纏をかけてきた若い者が差し出す。

「火元は？」

「難波町《なにわちよう》の畳屋でやす」

「あいわかった。……すず、がんばれよ。万が一、風向きが変わったとしても焦るな。必ずおいらが戻ってくるから」

痛みの波が襲ってきたすずが腹をかかえ、唇を噛みしめ、声をだした。

「栄吉さん、気をつけて。……無事に帰ってきて」

栄吉はすずにうなずき、結実によろしく頼むと頭を下げて出て行った。

「行っちまったのかい。おすずちゃん、亭主なんかそんなもんだよ。ましてや、栄吉さんは、は組の花形だ。女房がお産なので、今日だけは火消しの御用は勘弁してくれなんて、いえやしないよ」

隣の女房が湯をたっぷりはった大鍋を持ってきながらつぶやいた。

三
「これは……大変だ」

陣痛に顔をゆがめながらすずがつぶやく。お産は順調に進んでいた。

「思ったより百倍は痛い……」

まだ半鐘の音は消えていない。すり半鐘《ばんしょう》にも変わっていないので、栄吉の言ったとおり火はこっちに向いていないというのが救いだった。

そのとき、とんとんと表戸を叩く音がした。

「どなた？」

「源太郎だ」

きゅっと結実の胸が縮み上がる。

真砂に何かあったのかと、あわてて戸をあけた。

「どうしたの？」

結実の血相が変わっていたに違いない。

源太郎はひるんだような顔になった。

「いや……火事で栄吉が出かけただろ。万が一、火がこっちに向いたとき、おすずちゃんを担ぐ男手があったほうがいいと思って……」

「……それでわざわざ来てくれたの？」

源太郎が肩で息をしながら、うなずく。半鐘を聞いて全速力でかけてきたらしい。

結実の身体からほっと力が抜けた。

「ありがとう。心強い……」

すずの実の親はどちらも腰を痛めていて、お荷物になるだけだからと顔を出していない。

栄吉の父親は、は組の頭だから火事場に駆けつけているだろう。母親は組頭の女房として、いずれ引き上げてくる町火消しのために、ありったけの米を炊き、握り飯をつくり、会所に届けているに違いなかった。

はじめてのお産だというのに、頼りにできる身内はこの場におらず、外で控えているのは長屋の年配のおかみさんたちだけだった。幼子のいる家はすでに床についたようで、あかりを消している。

「兄さん、ここにお座りよ」

井戸端の縁台に座っていた四十がらみの女が源太郎に声をかけた。

「何かおれにできることがあったら、声をかけてくれ」

源太郎が戸を閉めると、一瞬、蚊遣りの匂いがした。

裾が軟らかくなり、広がってきたのはそれからまもなくだった。

だが、子どもがなかなか下りてこない。

すずは切羽詰まった表情となり、口からは苦しげなうめき声がひっきりなしに漏れている。

結実は不意に藤のお産を思い出した。

子どもが下りてこないこと。尋常でないすずの苦しみ方。

藤のときとそっくりだと、ぞっと背中が冷えていく。

やっと頭が見え、結実は意を決して手を伸ばした。

結実のこめかみから脳天にかけて、しびれが走った。

すずの赤ん坊の首にも臍の緒が巻きついていた。一、二、三……藤の時とまったく同じ、三重になっている。

母と子をつないできた臍の緒は、長すぎて赤ん坊に巻き付くことがある。首や足首にからまっていても、たいていは元気に生まれてくるが、ごくまれに、首に何重にも巻きついて死産の原因となることがある。

落ち着けと結実は自分に声をかけた。

けれど、薄青色の臍の緒を首に巻き、死んで生まれてきた藤の赤ん坊を思い出さずにいられなかった。

赤黒いような顔色、濡れて額にはりついた薄い髪の毛、細い細いまつげ、指でつまんだような鼻、桜の花びらのような口元、丸いお腹、楓の葉より小さな手、細い指、その先にかわいらしい爪がついていた。

臍の緒を必死にほどき、お願いだから息をしてくれと、あのとき結実は赤ん坊の小さなおしりを叩いた。口の中に水がはいっているのではないかと、口をすいもした。

だが、なにをしても、子どもはだらりとしたままで、泣いてはくれなかった。

結実は深呼吸を繰り返した。以来、同じ悲しみを繰り返さないために、どうしたらよかったのか、他にどんな手立てがあったのか、何度も何度も考えた。それを実践するのは今なのだ。

「よく聞いて。おすずちゃん。これからいきんでもらうけど、途中でちょっとだけ止めてもらわなくちゃならないの」

結実はすずに静かに話しかけた。

「何かあった？　赤ん坊に」

産婆ならではの勘で、すずが早口で聞いた。

「臍の緒が首にからみついていて、それが赤ん坊がでてくるのを邪魔しているの。ほどいてやらないと……必ず、ほどくから」

「そう。そうなんだ。……わかった。結実ちゃん、まかせる。お願いします」

すずの声が崩れた。直後にそれがうめき声に変わった。

子どもの頭がでかけている。

時間と闘いながら、臍の緒をゆるめる。ゆるめることができなければ、臍の緒を先に切ろうと結実は決めていた。

一巻き目を外すのがもっともきつかった。すずがいきむのをこらえている間に、慎重に慎重に、指の勘だけを頼りに臍の緒を辿《たど》り、ゆるんでくれそうな輪をつかむと、ゆっくり動かし、なんとか赤ん坊の頭をくぐらせた。それをはずすと二巻き目はするりととれた。

「おすず！」

栄吉が帰ってきたのはそのときだ。

「待たせて悪かったな。心細かったろう」

栄吉は火事場装束のまま、あがってきた。ものが焼けた強烈な臭いが身体からただよう。

「男がお産を見るもんじゃないよ！」

入口で近所のおかみさんが叫んでいるのが聞こえたが、栄吉はすずの側にかけ寄った。

「栄吉さん。おすずちゃんの背を後ろから支えてあげて」

「おう！」

後ろから栄吉はすずを抱きしめた。

「栄吉さん」

目を薄く開け、すずが栄吉を振り返る。力んだ拍子に細い血管が切れたのか、すずの目のまわりに赤い斑点がいくつも浮いている。

「がんばれ。おすず」

すずは眉をよせてうなずく。

栄吉が戻ってきたからなのだろう。表情が少しだけ和らいで見えた。

臍の緒は首にまだ一巡しているものの、ゆとりができたことを確かめ、結実は大きく息を吸い込み、すずに声をかけた。

「はい。今よ。思い切りいきんで」

次の瞬間、結実の両手にぬるりとした感触が落ちてきた。赤ん坊の頭を支え、結実はゆっくりと身体を引っ張り出した。

大きな産声が響き渡る。

生まれた。結実の胸がいっぱいになった。

臍の緒があんなに巻き付いていたのに。無事に生まれてくれた。

「おすずちゃん、おめでとう。男の子よ」

感極まった結実の声が涙で濡れている。

すずが潤んだ目で子どもを追う。

「ありがと、結実ちゃん。……栄吉さん」

「おすず、大仕事、やってのけたな」

栄吉の声が弾んでいる。

結実は臍の緒を切り、赤ん坊を栄吉に手渡した。

「外に源ちゃんがいるから、産湯を使わせるようにいって」

「源太郎が赤ん坊に産湯を?」

「大丈夫。やり方は知っているはずだから。産衣はそこに置いてあるから持って行って。あ、頭がぐらぐらしているから、支えてやってね」

「合点《がってん》だ」

後産《あとざん》もすませ、赤ん坊を抱いて床に横になったすずのまわりに、栄吉、結実、源太郎がそろった。長屋のおかみさんたちは赤ん坊の顔を見ると、帰って行った。

「これから息つく暇もないから、おすずちゃん、眠れるときに眠って身体を休めてね」

すずは疲れ果てた顔をしていたが、目だけは活《い》き活《い》きと輝いている。

「くたくたなのに眠ってしまうのがおしいの。うれしくて、ほっとして……結実ちゃん、この子の首に巻きついていた臍の緒、外してくれたのね。……この子が無事に生きてこの世に出られたのは、結実ちゃんのおかげよ」

「おすずちゃんがこらえてくれたから……ほんとによかった……」

「真砂先生もきっと見守ってくれてたね」

すずがくしゃっと笑う。

「きっとそうね。でもいちばんがんばったのはやっぱり、おっかさんとこの子よ」

「おっかさん？　それってあたしのこと？」

すずが人差し指で鼻の頭をさし、含み笑いをした。結実がうなずく。

「ほかに誰がいるのよ、おっかさん。そして栄吉さんがお……」

「おいらがおとっつぁんだ。……いいもんだな。おとっつぁんってのもよ」

栄吉は照れくさそうにいった。

四

結実と源太郎が外に出ると、夜はすっかり明けていた。

白い朝靄《あさもや》が町を包んでいる。

「源ちゃん、来てくれてありがとう」

結実は源太郎を見上げた。源太郎は顎に手をやった。

「何の役にも立たなかったけどな」

「火がこっちに来たら栄吉さん、戻ってきてくれるっていってたけど、すっごく心配だった。源ちゃんがいてくれて、本当に心強かった。……上手に産湯もつかってくれたし」

「はじめてだったんだぞ。あんなちっちゃいのを湯にいれるのは」

「そうだったの？」

「門前の小僧なだけでさ。でもあいつ、気持ちよさそうにしてた」

「源ちゃんの手、大きいから。赤ん坊は安心してたんだね」

通りに箒を持った小僧が増えつつある。

「……臍の緒、巻いていたのか？」

結実は唇を引き結んでうなずいた。

臍の緒が三重になっているとわかったときには、怖くて震えた。だが、助けることができた。

「外せてよかった……」

「よくやったな」

ぽんと源太郎が結実の肩を叩いた。

次の瞬間、ぐらりと結実の身体が揺れた。緊張が急にゆるみ、まぶたが自然におりてくる。

「おい、寝る気じゃないだろうな。こんな往来で……」

「寝ないわよ。……通りでまさか……」

またゆらりと結実の身体が揺れる。源太郎が顎に手をやり、苦笑した。

「危なっかしくてしょうがねえや。……ほれ、おぶってやる」

源太郎が背を向け、ひょいとしゃがみこむ。

「いいわよ……そんな、みっともない。自分で歩けるし……」

「傍目《はため》から見てどうかなんて、どうでもいいじゃねえか。今、うちの産婆は結実だけなんだ。ぼや～っとしてすっころんで怪我するのを見てるわけにはいかないんだよ」

倒れ込むように背にもたれた結実を、源太郎は軽々とおぶった。恥ずかしさより、眠さがまさり、結実は源太郎の首に手をまわした。

「源ちゃんの背中、おっきくて気持ちいい……」

一気に疲れが出て、睡魔が結実に容赦なく襲いかかる。

「おふたり、朝帰りですかい？」

「ああ。めでたくおすずちゃんに男の子が生まれまして」

夢の中にいた結実は、源太郎が通りすがりの冷やかしの声に、いちいち律儀に答えていたことは知らない。

栄吉とすずの子は、龍太《りゅうた》と名付けられた。栄吉の憧れである龍馬から一字もらったとのことだった。

火消しの家にとって、水神の龍は守り神でもある。

五

その後も二日続けてお産があった。どちらのお産も順調で、無事に赤ん坊が生まれて結実はほっとしていた。

てんてこまいの結実を案じて、義母の絹が本宅の女中のウメを手伝いに寄越してくれたのは、天の助けに等しかった。ウメは洗濯を一手に引き受けてくれている。

午後、結実が別宅の縁側で庭を眺めながら麦湯を飲んでいると、絹が切り分けた瓜を持って入ってきた。

「ひと息いれない？」

「わっ、嬉しい」

「結実は水菓子が好きだから」

「よくわかっていらっしゃる」

結実がかぶりつくと、甘い汁がぴゅっと板の間に飛ぶ。絹があらあらと言いながら、布巾で手早く拭き、絹もひときれ、瓜を手に取った。

「うん。甘い。さすが八百屋が間違いないと胸を叩いた瓜ね。熟れていて砂糖水みたい……そういえばおすずちゃん、床上げしたんだって？」

結実は一切れ目を食べ終え、また瓜に手を伸ばす。

「うん。昨日ね。お乳もよくでていて、順調よ」

「ご実家のおっかさんの腰はあいかわらずなの？」

「みたい。だから、昨日までは栄吉さんのおっかさんが泊まり込んで世話をやいてくれたの。おすずちゃんは赤ん坊の面倒をみるだけでよかったんだけど、今日からは、食事の支度から掃除洗濯までやらなくちゃならないって、ため息ついてた。まぁ、栄吉さんが手伝ってくれるだろうけど」

「栄吉さんが？」

「うん。飯炊きから洗濯まで、結構、やってくれるみたい」

「殿方がねぇ……」

はぁっと絹がため息をつき、信じられないというように首をふった。

「でも産婆仕事に戻るのはまだでしょ」

「あと二十日もしたら、とは言ってたけど……」

「そううまくいくかしら。お産の後はただでさえ無理が重なるんだから……身体を壊したら元も子もないもの。……おすずちゃんの身体の回復次第だけど」

それから真砂の話になった。倒れて以来、左手足が思うように動かず、正座することもできない。

だが、数日前から真砂は歩く稽古をはじめた。ウメがつきそい、壁や柱につかまりながら一歩一歩足を進める。

麻痺した足を動かすのは、思っている以上に骨の折れることで、数歩進むごとに肩で息をする始末だが、寝たきりになり人の世話になるなどまっぴらごめんだと、真砂は歯をくいしばってがんばっていた。

正徹によると、今、身体を動かすことが肝要で、後になればなるほど麻痺が残ってしまいがちだという。けれどここ二日ばかり、肝心のウメの仕事に別宅の洗濯も加わり、真砂の稽古が滞っている。

「そっちでひとり、別の人に手伝いを頼んだらどうかと思って。洗濯と掃除だけやってくれるような……誰かがいたら、結実もずいぶんラクになると思うんだけど」

「いい人がいるかな……」

「信用できる人じゃないとねぇ。家を留守にすることも多いし、日によって仕事の多《た》寡《か》もあるし……裏表のない正直者で働き者で、融通がきくなんて人がいればいいんだけど」

「口入れ屋に聞いてみようかな」

「住み込みの女中なら口入れ屋がいちばん手っ取り早いけど……通いでいいとなると、知り合いをあたったほうがいいかも……」

そのとき、がたんと表戸が開く音がした。

はっとして目をやると、タケが戸口に立っていた。先月生まれた赤ん坊をおぶい、二つになった金太を抱いている。

「結実ちゃん、その仕事、あたしにやらせてもらえないかい?」

タケが真剣な表情でいった。

「洗濯と掃除ならお安い御用だ。きれいに洗って、煮立てて、干せばいいんだろ。それならあたしにもやれる。後生だ。やらしておくれよ」

タケは下駄を脱ぎ、上に駆け上がると、ふたりの前まで来て座り、手をついた。

タケは金策に困り、金太を産んだときに、真砂に乳持奉公《ちもちぼうこう》を頼まれたことを思い出して、乳がでなくて困っている人はいないか、尋ねにきたのだと打ち明けた。

「恥ずかしい話だけど、子どもたちに食べさせる米を買うのも大変で……」

絹は結実と顔をあわせ、首をひねった。

「働くといっても、おタケさんには赤ん坊と金太ちゃんがいるから……」

絹が言いにくそうにつぶやく。

「おぶって動けるから……」

「洗濯ものを煮るんですよ。金太ちゃんが万が一、大鍋の湯をかぶって火傷でもしたら……」

「いってきかせるし、決して目を離しやしません」

タケは声に力をこめる。

その声に驚いたのか、兄たちがさゆりと名付けた背中の赤ん坊が泣き出した。

タケは立ち上がり、赤ん坊の尻をとんとんと叩きながら身体をゆすり、よしよしとあやしながらも続ける。

「……あたしではだめでしょうか。一生懸命働きます……」

「……残念ですけど……」

「おタケさん、お願いします」

絹の言葉を遮るように、結実はきっぱりといった。

絹とタケまでもが驚いた顔で結実を見た。

「早速ですけど、明日から来てもらえますか。とりあえず、朝五ツ（午前八時）から、昼八ツ（午後二時）までとして、洗濯と掃除をお願いします。子どもは遠慮なく連れてきて。おすずちゃんが復帰したら、もう少し長くいてもらえますか。おすずちゃん、赤ん坊を連れてくるかもしれなくて。子守も頼めたらありがたいんだけど」

「はい。精いっぱいつとめさせてもらいます」

タケは大きく息を吸い込むと、大柄な身体をふたつに折って、よろしくお願いしますと手をついた。

タケが通ってくるようになってから、結実は往診とお産に専念できるようになった。金太とさゆりだけでなく、タケの上の子どもたちも出入りするので、大地堂にまで、始終、子どもの笑い声や泣き声が響いている。

六

その日、往診から戻ってくると来客があった。良枝だった。

赤ん坊を抱いた付き添いの女中に庭の縁台に腰をかけて待つようにいい、良枝はひとりで茶の間にあがった。

「近くに来たものですから、結実ちゃんの顔をちょっと見ていこうと思って……真砂先生が倒れられたこと、今、お聞きして……大変でしたわね」

さしさわりのない話がすむと「おじゃまさま」と良枝はすぐに腰を上げた。

「元気そうで安心したわ」

表戸に手をかけ、良枝がいった。

「おかしな良枝ちゃん。元気そうでって、普通だし。……何かあった？」

結実が聞いたのは、良枝の中にものいいたげなものを感じたような気がしたからだ。

だが良枝は「ううん、何も。元気ならそれでいいの」とつぶやき、そそくさと帰って行く。

終始良枝が暗い表情だったのが気になった。

「あの人、結実さんの幼なじみだろ、愛想のないこと。来たと思ったら帰っちまって。出したお茶くらい飲んできゃいいのに」

口をつけてもいない湯呑みを下げながら、タケが口を尖《とが》らせた。

江戸の女は筋を通すところがある。

手伝いに来るようになってからタケは、誰に言われたわけでもないのに結実のことをちゃんではなく、さん付けで呼ぶようになった。

「それにしても、酒問屋・村松屋のご内儀ともなると、持ち物から着物、履き物まで豪勢なもんだ。乳で着物が濡れることだってあるだろうに、絽《ろ》の訪問着だもの」

タケが半ばあきれ、半ば感心したようにいった。

男が訪ねてきたのはその夕方だった。

背が高く、がっしりした身体をしている三十半ばくらいの男である。薄闇で、顔は定かに見えないが、身なりもひと目で上等なものだとわかる。供をしてきた者が門の前で控えていた。

どこかで見たことがある人のような気がしたが、誰かまでは思い出せなかった。

「どちらさまでしょうか」

思いあぐねて結実がたずねた。

「お初にお目にかかります。材木問屋・山崎屋の山崎勝太郎です」

低い、腹に響くような声で男は言った。

結実の身体がぎょっと固くなる。

山崎屋といえば、良枝が結実の見合い相手として推挙した男だ。見たことがあると思ったのは、前に男が家を覗《のぞ》いている姿を目にしたことがあったからだった。

だが、結実はきっぱりと良枝に断りを入れた。なぜ、今頃になって山崎屋が結実を訪ねてきたのか、わけがわからない。

結実は腰をかがめた。

「……どのようなご用件で」

「あがらせてもらってよろしいかな」

にこりともせずに命じるようにいった。

浅黒い四角い顔に、どんぐり眼、あぐらをかいた鼻の右に大きないぼがある。

山崎屋は結実の返事を待つことなしに、表戸をぴたりと閉ざし、下駄を脱ぎ、上にあがる。

ずいぶん無遠慮な人だと思ったが、結実は奥の座敷に案内した。

行灯に火を入れ、麦湯を山崎屋の前におく。

黄昏時、見知らぬ男と、誰もいない家で二人きりで向かい合うのは、気が重かった。

「もっと早く伺おうと思っていましたが、諸事に奔走させられ、本日とあいなりました。許嫁《いいなずけ》を放ったらかしにして大変申し訳ない。ご両親には改めて、吉日を選び、ご挨拶にうかがうつもりでおります」

山崎屋は皮肉な笑みをもらしながら言った。結実は混乱のあまり言葉が見つからなかった。

「そのお話は……なかったことにとお伝えしたはずですが……」

おずおずと結実がいうと、山崎屋の眉間に深い皺が寄った。

いきなり、顔を寄せ、結実の頬を指ですっとなであげた。ぞっと肌が粟だち、結実は飛び退《の》いた。

「何をなさいます！」

「……いずれ夫婦になる仲ではないか」

山崎屋は顔色を変えた結実を見つめ、口元をゆがめるようにして笑った。

「……物堅い青臭いおなごも嫌いではない」

低くつぶやき、山崎屋は結実の手に腕を伸ばす。結実はあわてて手を引いた。

「ですから、その件はお断りさせて……」

「産婆を続けたいからその気になれぬとな」

「さようでございます」

「だが、産婆仕事も終いだろう。三人いた産婆はおまえひとりとなったと聞く。……まあ私は、おまえが女房として役に立ち、その上で産婆をするなら一向にかまわんがな」

山崎屋はまるで結実が縁談を望んでいるかのように話を進める。

結実の頭にかっと血が上った。

「産婆はやめません。お断りしたのは、それだけが理由ではないんです。どなたかの女房におさまるということだけが、わたしの望む生き方ではないと思えて……」

震える声を励ましていったが、結実の言葉は荒々しい山崎屋の声で遮られた。

「……生意気な……。村松屋の女房に聞いてはおらんか、私は狙いをつけた女はなんとしてでも手に入れる男だ、と」

今日、良枝が来たのは、それを伝えるためだったのではないかと、頭の中をよぎった瞬間、結実は山崎屋に手首をぎりぎりとつかまれていた。

山崎屋のにぶく光る目が、結実を射すくめる。

恐怖と嫌悪が喉元にせり上がってきた。

「離して下さい！」

「山崎屋の女房になれるのだぞ。目を覚ませ。私が小娘に虚仮《こけ》にされるわけにはいかぬ。了簡しろ」

このままだと何をされるかわからない。

山崎屋が身体をのばし、庭に面した障子を閉じようとした隙に、結実は山崎屋の手を思い切り振り払った。

そのとき、庭から声がした。

「どうした？　結実」

「源ちゃん！」

結実は立ち上がり、沓脱《くつぬ》ぎ石に立つ源太郎めがけて走った。

「……そちらは」

源太郎は結実を背に回すと、きつい目で山崎屋をにらんだ。ふたりの様子で、ただならぬことが起きていると瞬時に察したらしい。

山崎屋は立ち上がり、結実を一瞥《いちべつ》して、鼻を鳴らした。

「破廉恥な女だ。色仕掛けで、私を籠絡《ろうらく》しようとした」

「何をおっしゃいます。私がそんなことするわけが……」

「こんな女を女房に迎えるわけにはいかん。この縁談、山崎屋がお断り申す」

そのときだった。

源太郎が部屋にあがり、山崎屋の胸ぐらをつかんだ。

ばしっと破裂するような音がして、山崎屋の身体がふっとんだ。山崎屋が頬を押さえ、血走った目で源太郎をにらみつけている。

「嘘八百並べ立てやがって。結実はそんな女じゃねえよ。このあたりの人間はみな知ってる。そんなことを言いふらしたところで、恥をかくのはそっちだぜ」

そういうなり、源太郎は結実の手をとって、庭に連れ出した。山崎屋は追っては来なかった。

井戸端の縁台に結実を座らせるまで、源太郎は結実の手を離さなかった。水を汲み、柄杓《ひしゃく》をさしだす。口をしめらせた結実の目からぽろぽろ涙がこぼれ落ちた。

「……無事でよかった」

源太郎がそういって隣に腰をかける。

山崎屋は帰って行った。庭にまで聞こえた足音は、山崎屋の憤りと強がりのあらわれのようだった。

「私、きっぱり断ったのに……」

「……あいつ……とんでもない男らしい」

山崎屋は女を殴る男だと源太郎が低い声でいった。

女房が出て行き、離縁となったのもそれが理由だという。子どもたちにも手を上げることがあったようで、今はみな、姉の家に預かってもらっているらしいとも言った。

「源ちゃんがなんでそんなこと知ってるの？」

「結実の見合い相手がどんなやつか、心配じゃないか」

「……怖かった。気持ち悪かった。……あたし……何かあったら、舌を噛み切ろうと思った」

情けなさと怒りで、結実の胸ははち切れそうだ。

あんな男のせいで自分が木《こ》っ端《ぱ》微《み》塵《じん》になりかけたなんて、なにもかも許せない気持ちだった。

うつむいて奥歯を嚙んだ結実の手を、源太郎がそっと、包むように握る。

「ばかだな、結実は」

「ばかって……」

「自分の命を粗末にしちゃぁダメだ」

「男に汚されかけても……？」

また涙が結実の目にあふれる。

「何があっても、結実は汚れたりしないさ」

源太郎はなだめるように静かにいう。

「悪いのは結実じゃないから」

源太郎は握る手に力をこめ、しばらく黙ったあと、結実のほうに向き直り、言った。

「おれの女房になってくれないか」

「え……」

結実はぽかんと源太郎の顔を見つめる。

「おれは見習い医者だ。これから一本立ちできるかどうかもわからない。でも、結実と一緒に生きていきたい」

源太郎はきっぱりといった。

結実は二、三度目をしばたたいた。

「……あたしでいいの？　あたし、産婆をやめないのよ。普通におさんどんとかできないかもしれないのよ。医者の源ちゃんを、おっかさまみたいに支えられないかもしれないよ」

「……そんなことしてもらいたくて一緒になりたいって言ってるんじゃない、おれは今の結実がいいんだ。一緒にいると心底、安心する。なんでも乗り越えていける気がする。……おれじゃダメか」

結実は源太郎を見つめた。源太郎は澄んだ目をしていた。

ふたりで凧揚げをした日の青空を、結実は思い出した。あの日の少年の面差しが源太郎の目元に残っている。

「あたしのこと、ずっとずっと好いていてくれる？」

源太郎が唇を一文字にしてうなずく。

「黒目がちでまっすぐにものを見る結実の目が好きだ。よく笑う口元が好きだ。泣くと八の字になる眉も好きだ。怒ったり泣いたり笑ったり忙しいところも好きだ。ずっとずっと結実を見ていたい。いちばん近くで」

結実はまぶしいような目をして、源太郎を見た。気を許すと、涙がこみあげてきそうだった。

「いつも手をつないでて。決して離さないで」

こみあげるものをこらえて、結実がいう。

「離すもんか」

源太郎が結実を引き寄せた。

結実は源太郎の肩に顔をうずめる。

我慢していたのに、やっぱり結実の涙が源太郎の肩を濡らした。

七

どきどきしながら、夫婦になるとふたりで家族に伝えると、皆一様にようやくという顔をしたのは、拍子抜けだった。

正徹は「そうか」とうなずき、絹は「医者と産婆の夫婦なんて大変よ。覚悟はできているのね」といった。

伝い歩きができるようになった真砂は、「二人が夫婦になったらお似合いだと思ってた」と微笑んだ。

「源兄ちゃんがほんとの兄ちゃんになった！」と手放しで喜んでくれたのは章太郎だった。

「おさまるところにおさまったね」とすずが先輩風をふかせたのが、ちょっと癪にさわったが、そのあとで、よかったと言ってすずが泣きだしたのを見ると、結局、ふたりで泣いて笑ってしまった。

善は急げというわけで、祝言はほぼひと月後の七月二十一日と決まった。

それからは目が回るような忙しさだった。

源太郎の実家の藤原家の両親は、源太郎が結実と祝言をあげて、そのまま大地堂で働くので、今まで通り実家には戻らないと知ると、両手《もろて》をあげて賛成した。

いくら継母の久美が次男の象二郎を跡取りにしようと思っているにせよ、あまりにあからさまで、結実は胸が痛くなったが、源太郎は「おとっつぁんはお久美さんに頭が上がらないから仕方ないんだ」と表情を変えもしなかった。

父の玄哲は一時期、身体を壊し、多大な借金を作ったという。それを久美の実家がきれいにしてくれたらしい。はじめて聞く話だった。

父の借金で源太郎は割りを食ったことになるが、久美なしでは藤原家は立ちゆかなかったと、ひとごとのように源太郎はいう。

「打ち明けるのは結実がはじめてだ」

「うちのおとっつぁまも知らないの？」

「少なくともおれは口にしてない。……結実に言えてほっとした」

源太郎は屈託なく笑った。

仲人を栄吉の父・吉次郎に頼むことにし、正徹と玄哲、源太郎と結実の四人で訪ねて行くと、吉次郎は笑顔で請け合ってくれた。

「そりゃあ、めでてぇ。うちのもんが怪我や火傷をしたときに、寝ないで看病してくれた源太郎さんと、うちの嫁がいちばん大切に思っている結実ちゃんが夫婦になるとは。ご縁だねぇ。ふたりの新たな門出のために、ひと肌もふた肌も脱がせてもらいやす」

吉次郎は土手組（人足《にんそく》）までいれれば、六百人もの火消しを束ねる「は組」の顔役だ。なので、火がでたときには失礼することになるが、それでもいいだろうかと言い添えた。

「祝言があろうが弔《とむら》いがあろうが、いったんことあらば町火消しは出張っていかねえと……医者も産婆も同じですわな」

絹は妙に張り切って、鍋釜から小皿まであれこれ買い求めている。反物《たんもの》もあれこれ見つくろい、お針子に頼むだけでなく、自分でも小紋などはせっせと縫い上げている。

往診やお産を休むわけにはいかない上、絹の細々《こまごま》とした買い物にもつきあわなくてはならず、ついに結実はすずの家に駆け込んだ。

「祝言を挙げるって、こんなにめんどくさいと思わなかった……もうくたくたよ」

泣き出した龍太を抱き上げるすずに、結実はぶつぶつと訴える。

「おタケさんが洗濯を引き受けてくれて、よかったよね。そうでもなきゃ、洗濯まで加わって、結実ちゃん、ぶっ倒れていたわよ」

すずが苦笑した。

結実はすずの乳を飲みはじめた龍太の顔をのぞき込んだ。龍太はふっくらとした頬を無心に動かしている。

「おすずちゃんの嫁入り前も、こんなんだった？」

「あたしの時はおなかにこの子がいて、大慌てだったから。それにうちは貧乏で、輿入れの支度なんて何にもできなかったし、栄吉さんは、おすずが身ひとつで来てくれればそれでいいって……」

「やだ。のろけて」

すずはひょいと肩をすくめ、えへへと笑う。

「でも結実ちゃん、いつかきっと、この時期のこと懐かしく思うわよ。おっかさんにありがとうって思うよ」

「そうかな……」

「あたしからすれば、うらやましい悩みよ。……そのうえ結実ちゃんは、住まいは変わらないんだもん」

真砂が本宅に戻り、今の別宅に源太郎と結実が住むことになっている。結実の今の住まいで、ふたりは新たな暮らしを始める。

「代わり映えしないの、実は」

「わざと仏頂面してそんなこといって……ほんとは源太郎さんと二人で暮らせるのが

嬉しいくせに」

　ふたりは顔を合わせて笑った。

「でもうまくいくのかな。私たちばたばたしていて、祝言後のことなんか何も話してないし……」

　源太郎はあいかわらず、昼は病人怪我人の診察と治療、夜は膏薬《こうやく》作りなどで忙殺されている。

　祝言前の男女は夜祭りに出かけたり涼み船に乗ったりするものだが、どこを探してもふたりにはそんな暇がない。

「大丈夫よ。祝言をあげたら、ずっと一緒なんだから話す時間はいっぱいできるわ。……いくら親元から離れないっていっても、嫁にいくまでが娘のときだから、今はおっかさんの言う通りにしてあげたらいいんじゃない？」

　すずは、結実の祝言の前には産婆仕事を再開すると請け合った。

「お産で花嫁が祝言にいないなんてことがないように。その日は私にまかせなさい」

　すずはとんと胸を叩いて見せた。

　龍太がまたぐずりだした。むつきが濡れたようだった。

すずは、結実の祝言の三日前から産婆仕事に戻った。

お産の立ち合いはまだまだで、昼過ぎには帰宅するが、授乳の合間に往診にも出かけていく。

タケの金太とさゆりに、すずの龍太も加わり、あちらが泣けばこちらも泣き、にぎやかを通り越して家の中がひっくり返ったようだった。だが、子どもを五人産んだタケは手際よく汚れたむつきを替え、あやし、自分の仕事もちゃんとこなす。

それどころか、けたたましく泣く龍太を抱きながら、手がかからなくていい子だと目を細めたりもする。タケは期待した以上に、これからも結実とすずの力になってくれそうだった。


祝言の前の晩、結実は家族とともにゆっくり話をして過ごした。幼いときの思い出話や実母の綾の話も出た。

「一本気で、夢中になると他に目が行かないところは昔っから変わらねえ。源太郎、すまんな」

実家に挨拶に出かけたものの、とんぼ返りしてきた源太郎に、父・正徹がいった。

「すまんなって、おとっつぁま。自分の娘のこと、そんなふうにいって」

結実が口を尖らせる。まるで、源太郎がみそっかすな女をつかんだみたいではないか。源太郎が苦笑する。

「おれは、結実のそういうところも……」

「好きなんですね。そういう奇特な人じゃないと姉さんの亭主はつとまりませんもんね」

源太郎の言葉を引き取って、得意顔でいった章太郎の頭をすかさず、結実が小突いた。章太郎が大げさに、いててと喚《わめ》く。

「祝言をあげようって娘が、前の晩に弟の頭をはたいたりして……」

「源兄ちゃん、気をつけて下さいね。もうわかってるでしょうけど、姉さんはこういう人ですから」

また絹の言葉をひきとって減らず口をたたいた章太郎を結実がにらみつけようとしたとき、真砂が口を開いた。

「章太郎は心底、寂しいんだね、結実が嫁にいくのが」

「えっ、さびしくなんてありませんよ。隣に住むのは変わらないんだし」

「わかるよ、章太郎の気持ち。寂しいけど、相手が源太郎だから嬉しくて。気持ちがいっぱいいっぱいになって、結実につっかかりたくなってるって……絹もそうだったから」

「へっ！　私？」

絹が素っ頓狂な声をだし、自分の鼻の頭を指で指した。

「綾が祝言をあげる前の晩、おまえも綾につっかかっていったよね」

「あら、そうでしたかしら。……おっかさまったら、そういうことだけはしっかりと覚えてるんだから……」

頬をふくらませて見せたが、絹は思い出したのか指で目の縁を押さえた。

「懐かしい……姉さんにも結実の花嫁姿、見せたかった……」

結実はそれを機に、少し下がり、ゆっくり手をついた。

「おとっつぁま、おっかさま、おばあさま。これまで育てて頂いてありがとうございました。章太郎、仲良くしてくれてありがとう」

源太郎も「ありがとうございました」と一緒に頭をさげる。

「元気で、仲良くな」

正徹がさらりと言う。絹がまた指で目を押さえた。

「育てさせてくれてありがとうね」

「これからもお世話になりますが、どうぞよろしくお願いします」

「よろしくお願いします」

また源太郎が結実とともに頭を下げた。

「こちらこそ」

絹はそういうと、後ろの違い棚の引き出しをあけ、桐箱を取り出し、結実の前においた。

「これ、明日、使ってね」

「何？」

「開けてごらんなさいな」

蓋を開けると、中に真綿に抱かれるように鼈甲《べっこう》の簪《かんざし》と飾り櫛《ぐし》が入っていた。

真砂があつらえてくれ、絹と綾が祝言で使った髪飾りだという。

「鶴の細工がついていて、とてもきれいでしょ。姉さんが祝言の後しばらくして私にくれたの。結実が祝言をあげるときに渡そうと思っていたのよ。きっと、結実に似合うよ」

綾と絹が祝言の時に髪にさした簪と櫛を自分もつける……ふたりの思いが自分を守ってくれるような気がして、結実は胸がいっぱいになった。

その晩、結実は本宅で義母・絹の隣に枕を並べて眠りについた。

　すると夜四ツ（午後十時）に大地堂の表戸を叩く音で、結実は目をさました。

　飛び起きて、寝間着のまま戸を開けると、小松町の小間物屋「まつば」の主《あるじ》が切羽詰まった顔で立っていた。

「助かった。向こうのお宅はうんともすんともなくて、どうしようかと。こちらにいらしたんですね」

「お産が始まったんですか」

「へえ。お願いできますか」

「……わかりました。急いで用意します」

　結実はその足で別宅に戻ると、着物を着替え、いつも用意している風呂敷をかついだ。

「今日ぐらい他のお産婆さんに頼めないの？　結実じゃなくてもなんとかなるんじゃない？」

　あわててついてきた絹が結実をひきとめようとする。

「そうはいかないのよ」

「昨日のお産だったら良かったのに……こんなんじゃ先が思いやられるわ」

　絹のぼやきが止まらない。

「明日の朝までには帰ってこられると思うけど……」

そのとき、源太郎が家から走り出てきた。

「結実、お産だって？」

「……そうなの」

さすがに、源太郎には申し訳ないような気がして、結実の声が小さくなる。

「もし、結実が帰って来られないようだったら、日取りを延期しますよ。まかりまちがえば、源太郎さんはひとりで式にでなきゃならないんですよ」

絹が吐息混じりにいう。

だが、源太郎は首を横に振った。

「おれはそれでも大丈夫です」

「大丈夫なわけがないでしょう。祝言に花嫁がいないなんて……まるで花嫁に逃げられた花婿みたいじゃないですか」

あははと笑った源太郎を、絹がきっとにらむ。源太郎は笑みを消し、頭の後ろをぽりぽりとかいた。

「結実は産婆だって、参列する人はみんな知っています。きっとわかってくれますよ。おれだって、急患が入ればそっちにかり出されるんです。仲人の吉次郎さんだって、火が出たら申し訳ないがと言っておられた。……だから結実、こっちのことは気にするな。無事に赤ん坊を取り上げてきてくれ」

屈託なく、源太郎がいう。

結実は洟をしゅんとすすった。一緒になるのがこの人でよかったと胸がいっぱいになる。

「源ちゃん、明日までお産がのびたとしても、おすずちゃんが代わってくれるはずなの。でも何が起きるかわからない。万が一、もしかしてあたしがほんとに戻れなかったら……」

「まかせろ。当代一の花婿として胸を張って待ってるから。花嫁に逃げられたなんて縁起でもないことは誰にもいわせねえ」

「もう……破《わ》れ鍋に綴じ蓋って、あんたたちのことね。ほんとお似合いですこと。とにかく結実、早いお帰りを」

絹はあきれたような口調でいい、結実を案じる表情で見送った。

小松町の小間物屋「まつば」の女房なみは、夫婦となって三年、はじめて身籠もった。初産のために、なかなかお産が進まなかったが、朝五ツ（午前八時）すぎ、かけつけてくれたすずとともに、女の子を取り上げた。

あとをすずにまかせて帰宅したときには五ツ半（午前九時）近かった。

急かされるように湯屋に行き、汗を流し、仮眠する間もなく、髪結いが島田に結い上げた。絹から昨夜もらった簪と櫛をさすと、嬉しさがこみあげた。

だが、裃《かみしも》姿の源太郎が入ってきたとき、結実を襲う睡魔は最高潮だった。

「きれえだ」

真っ白な花嫁衣装で座布団に座っていた結実を見て、源太郎がつぶやく。

だが、次の瞬間、源太郎が目をこらした。

「おい、結実！　寝てんのか」

結実の頭が前後左右に小刻みにぐらぐらと揺れている。

うっすらと結実の目が開く。

「寝てた？　私」

「いいってことよ。今のうちに少しでも寝ておけ。一晩、がんばったんだから」

「元気な女の子だった」

「無事に取り上げられてよかったな」

こくんとうなずくと、また結実は目を閉じた。

穣之進、栄吉、すず、薬種問屋や医者仲間、近所の人々、春江や美園なども参列し、祝言の宴は賑やかだった。時おり、別宅から赤ん坊の泣き声が聞こえるのもご愛嬌だ。

「もう寝るなよ」

「大丈夫。さっき寝たから」

声には出さなくても、口の動きのやりとりだけで、結実と源太郎の心はほっこりあったかい。

高砂の謡《うたい》が披露され、栄吉の木遣《きや》りの番になると、庭に揃いの半纏を着た町火消しがずらっと並んだ。

銀のかんざし　伊達には差さぬ　きりし前髪の　とめにする
洗い髪なら　わらで結んで薄化粧　つげの櫛横にさしゃ
わたしゃ　よいよい　よいやなあ
袖でかくして　あげようとすれば　御部屋の障子が　穴だらけ
苦労人なら　察しておくれよ御部屋様　誰しも　恋路はおなじこと

野太い声が庭から座敷になだれこんでくる。

胸が震えずにはいられない歌声だ。

だが、睡魔は感動とは別物であるらしく、町火消したちが拍手とともに退場したとたん、結実の目がひっくり返った。

眠っちゃダメと思うのに、意識が遠くなっていく。

ついに結実の身体が小刻みにぐらんぐらん揺れだした。

源太郎はふっと笑って、結実の綿帽子《わたぼうし》をかぶった頭に手をかけ、自分の肩に載《の》せた。

「おやまあ」

「なんとも」

「この子ったら、何をやっているんだか」

結実は、遠くで人々の笑い声を聞いた気がした。

星巡《ほしめぐ》る　結実《ゆうみ》の産婆《さんば》みならい帖《ちょう》　朝日文庫

2022年3月30日　第1刷発行

著　者　五十嵐佳子《いがらしけいこ》

発 行 者　三 宮 博 信
発 行 所　朝日新聞出版
〒104-8011　東京都中央区築地5-3-2
電話　03-5541-8832(編集)
　　　03-5540-7793(販売)
印刷製本　大日本印刷株式会社

Published in Japan by Asahi Shimbun Publications Inc.
定価はカバーに表示してあります

ISBN978-4-02-265032-0

朝日文庫

山本　一力

たすけ鍼《ばり》

深川に住む染谷《せんこく》は〝ツボ師〟の異名をとる名鍼灸師。病を癒やし、心を救い、人助けや世直しに奔走する日々を描く長編時代小説。《解説・重金敦之》

山本　一力

立夏の水菓子

たすけ鍼《ばり》

人を助けて世を直す——深川の鍼灸師・染谷の奔走を人情味あふれる筆致で綴る。疲れた心にもじんわり効く名作時代小説『たすけ鍼』待望の続編。

山本　一力

欅《けやき》しぐれ

深川の老舗大店・桔梗屋太兵衛から後見を託された霊巌寺の猪之吉は、桔梗屋乗っ取り一味に一世一代の大勝負を賭ける！　《解説・川本三郎》

山本　一力

五《ぐ》二《に》屋《や》傳蔵《でんぞう》

幕末の江戸。鋭い眼力と深い情で客を迎える質屋「伊勢屋」の主・傳蔵と盗賊頭の龍冴、男たちの知略と矜持がぶつかり合う。《解説・西上心太》

山本　一力

辰巳八景

深川の粋と意気地、恋と情け。長唄「巽八景」をモチーフに、下町の風情と人々の哀歓が響き合う珠玉の人情短編集。《解説・縄田一男》

菊池仁・編／有馬美季子／志川節子／中島要／南原幹雄／松井今朝子／山田風太郎・著

吉原饗宴

朝日文庫時代小説アンソロジー

売られてきた娘を遊女にする裏稼業、身請け話に迷う花魁の矜持、死人が出る前に現れる墓番の爺など、遊郭の華やかさと闇を描いた傑作六編。

浅田 次郎
椿山課長の七日間
突然死した椿山和昭は家族に別れを告げるため、美女の肉体を借りて七日間だけ〝現世〟に舞い戻った！ 涙と笑いの感動巨編。《解説・北上次郎》

伊坂 幸太郎
ガソリン生活
望月兄弟の前に現れた女優と強面の芸能記者⁉ 次々に謎が降りかかる、仲良し一家の冒険譚！ 愛すべき長編ミステリー。《解説・津村記久子》

伊東 潤
江戸を造った男
海運航路整備、治水、灌漑、鉱山採掘……江戸の都市計画・日本大改造の総指揮者、河村瑞賢の波瀾万丈の生涯を描く長編時代小説。《解説・飯田泰之》

今村 夏子
星の子
《野間文芸新人賞受賞作》
病弱だったちひろを救いたい一心で、両親は「あやしい宗教」にのめり込み、少しずつ家族のかたちを歪めていく……。《巻末対談・小川洋子》

宇江佐 真理
うめ婆《ばあ》行状記
北町奉行同心の夫を亡くしたうめ。念願の独り暮らしを始めるが、隠し子騒動に巻き込まれてひと肌脱ぐことにするが。《解説・諸田玲子、末國善己》

江國 香織
いつか記憶からこぼれおちるとしても
私たちは、いつまでも「あのころ」のままだ——。少女と大人のあわいで揺れる一七歳の孤独と幸福を鮮やかに描く。《解説・石井睦美》